Florian L. Arnold • Die Zeit so still

Für G., James, Michael
und uns.

Florian L. Arnold

Die Zeit so still

Novelle

Mirabilis Verlag

»Ein Koch'scher Bazillus setzte sich
auf Adams Lippe – und Gott sah,
daß es gut war.«

Gesualdo Bufalino, Das Pesthaus

I

Warten.

Warten.

Warten.

Die Tage sind so lang,
die Nächte nicht dunkel genug, Schlaf zu finden.

Warten.

Warten.

Und nichts geschieht,
die Uhrzeiger deuten nichts mehr,
die Welt ist stumm,
der eigene Kopf steht,
steht.

So müde machen die großen Zahlen in den Nachrichten, Zahlen ohne irdische Bindung aus den Mündern ernster Gesichter, die niemand kennt und die fortwährend wechseln, trockene Gesichter, die blaß und erschrocken blinzeln im hellen Licht von Scheinwerfern seit dem Tag,
als man alles absperrte
und jeder fortan zu Hause bleiben mußte.

Warten,
auf den Morgen,
wenn die städtischen Fahrzeuge vor den Häusern halten und die Essensrationen ausgeben, die immer gleichen Aluminiumkisten mit dem Vorrat für zwei Tage, errechnet von einem Institut irgendwo in Amerika oder Kanada,
und man ißt und trinkt und scheidet aus
und wartet
auf die nächste Aluminiumkiste,
darin Brot, Quark, Eiweißnahrung, Püriertes und Kondensiertes,
und das Warten geht weiter,
auf den Hunger, den Appetit,
die Lust und den Tag, wo etwas anderes geschehen wird, irgend etwas, so lange nur etwas geschieht, das die Eintönigkeit zerbricht –

Manchmal hört er aus den oberen Stockwerken einen Aufschrei, ein Gelächter, manchmal hält ein

Wagen mit einem blutroten Kreuz vor dem Haus, Blaulicht bestreicht die Innenräume und jemand wird weggefahren. Und das Warten geht weiter, auf den Tag, an dem eine Meldung kommt – daß man wieder hinausdarf – daß die Maßeinheit für zukünftiges Massensterben doch nach unten korrigiert wird oder diese ganzen Nachrichten über kollabierende Organe und zersetzte Köpfe nicht wahr sind – daß alles, was man jetzt nicht mehr sagen und denken und planen kann, nur Folge eines Irrtums ist und daß die Normalität sich wieder herstellt.

Normalität, denkt er, ein ausgemustertes Wort. Wie lange sitzt er schon hier in der Wohnung? Er könnte es nicht sagen ... Monate ...? ... Jahre ...!

Gestern stiegen vor seinem Fenster bunte Luftballons in die Höhe, da lief er an die Glasscheibe, um hinabzuschauen, und glaubte, ein Kind zu sehen, das den davonsteigenden Ballons nachblickte, aber das mußte ein Trugbild gewesen sein ... Niemand durfte hinaus ... wirklich: niemand!, aber es waren vielleicht nicht einmal Luftballons, sondern nur eine Erinnerung, die in ihm aufgestiegen war, an eine gleichartige Szene der eigenen Kindheit, als er selbst unter dunklen Baumdächern gestanden und ohne jedes Verständnis den davonfliehenden Ballons nachgeblickt hatte und

»Wir können Sie schützen!«

»Dies geschieht zu Ihrem eigenen Schutz!«

»Bitte halten Sie sich unbedingt an folgende Regeln ...«

nicht verstehen konnte, warum es nicht in seiner Macht lag, diesen wie auch alle folgenden Verluste zu verhindern ... dieses schmerzliche Mitgerissenwerden war ein Vorgeschmack auf jede spätere Bestürzung und es folgten so viele Bestürzungen, daß sie einander übertönten und ihn so taub machten, daß er jetzt die dünner werdenden Rinnsale von Warnungen und Empfehlungen und freundlich gemeinten Befehlen nicht liest, nicht anhört, nicht einmal mehr sieht ... Das ist eine unvertraute Welt dort draußen, diese Terra mit ihrem marodierenden Todesvirus.
Diese Liebe zu allem Grauenhaften, die tief im Menschen sitzt, denkt er.

Warten, warten.
Am Fenster. Im Flur.
Sitzen. Stehen. Liegen. Knien.
Kniebeugen. Atmen.
Warten ... auf?
Auf die Aluminiumschale.
Auf die abendliche Durchsage, die sie anzuhören haben (*Es wird kontrolliert!* Durch die Wände wird gehorcht, ob auch jeder zuhört ... Die Nachbarn horchen, die Stadt, der Staat, *alles ... horcht*).
Er schaltet ein und wechselt dann den Raum, geht ins Bad oder ins Schlafzimmer. Warten, auf dem Rand der Badewanne, den heißen Kopf in den Händen. Fieber auf der Haut: Die Reibungshitze

der Gedanken entzündet Feuer darunter.
Atmen. Liegen auf den Badezimmerfliesen, mit geschlossenen Augen, mit offenen Augen ...
Warten ... Warum nur vergeht die Enge nicht ...?
Das mühsame Aufrappeln. Kaltes Wasser.
Das Auf-und-ab-Gehen.

Wo sind die Käfigstäbe, um an ihnen zu rütteln und sie aufzubiegen –?

Die abendliche Durchsage wird ersetzt durch die Morgenansage: Ermahnung und Ermunterung und Musik. Ein stetig prasselnder Schlagworthagel, mit dem man die Funktionalität der Internierten sichert. Reden, reden, reden, bis das Unfaßliche zerlöchert wird von Banalität und einem an Schauspielschulen hart trainierten Gesichtsspasmus, den Ahnungslose als Optimismus ansehen. Das Unfaßliche weniger unfaßlich machen ... Er lacht. Es lacht aus ihm heraus ... unfaßbar! Und er ... verkriecht sich in die Beschaulichkeit von Erinnerungen, sichtet Gedanken und Namen und Orte und bringt immer öfter alles durcheinander und weiß schon nicht mehr, was er selbst erlebte und was er erlas, erhörte ... erlauschte ...

Lache, denn es gibt nichts zu lachen!

Und die Wohnung ist zu klein und sein Körper zu alt, denkt er,
liegend, stehend, wartend,
wartend.

Ich bin mit niemandem mehr verbunden.

Gemeldeter Ausbruch: 00:10 Uhr, 20 Sekunden. Durch die Tür entkommen, keine Zeugen.

Er verläßt die Wohnung nach der letzten Kontrollfahrt um 24 Uhr.
Er sieht die Fahrzeuge von Polizei und Infektionsschutz um die Kurve biegen, bevor er sich hinausbewegt. Ein Schwindel erfaßt ihn, als er die frische Luft atmet. Im Freien, denkt er, als er die ersten Schritte macht: Ich bin wirklich draußen! FREI! Er kaut das Wort, den Gedanken ... zwei Schritte, noch einmal zwei Schritte, schneller, und immer raus aus dem Licht, hinein in den Schatten. Wenn sie mich erwischen, denkt er ... Falsch gedacht. *Sie erwischen mich nicht. Niemals. Ich gehe. Gehe, ging, war gegangen, das hier ist schon lange vorbei, auch wenn ich es jetzt erlebe ... Mein Kopf schwankt schon in der weiten Zukunft ... Es ist es gut, daß ich draußen bin ...* Nicht eine jede Kugel trifft, und was auch immer kommen mag: für ihn ist es nun vorüber, das *Warten*, das ihm früher so leichtfiel und ihn nun so sehr zersetzt, als habe er sich vergiftet.

Spuren noch zu finden im Eingangsbereich bis hin zur Kreuzung Z. und I., dann keine weiteren Spuren. Videodatenauswertung ohne Hinweis.

Er geht die regennasse Straße entlang, es ist unerwartet dunkel, dunkler als früher ... *früher*, als er, als noch alle hinausdurften ... unvorstellbar: zu jeder Zeit und in großen Gruppen! ... und jetzt ist es seine Nacht. Einst gehörte sie allen ... Er erinnert sich an den Spaziergang mit dem Vater,

zu Silvester, wenn er mit großen Kinderschritten dem Feuerwerk entgegenlief und dann zusah, wie sich die Gesichter im Lichtregen neu färbten und wie eine große Menge, die so laut miteinander gesprochen und gescherzt hatte, nun andächtig still stand wie vor einem Wunder. Jetzt ist jede zweite Straßenlaterne aus oder fort, gestohlen oder abmontiert, *gespartes Licht*, denkt er, darum sind auch alle Leuchtreklamen aus oder abgebaut ...
{Wer soll es bezahlen, wer hat so viel Geld?}
Er ist der, den die Kugel nicht getroffen hat, der im Schatten Gehende, und wenn jemand ihn sehen sollte und den I.S.S., den Infektions- und Seuchenschutz, alarmiert, ist er schon fort, ein Stück dieser tiefen Nacht, in der sie wieder alle wach liegen in ihren Wohnungen und warten, auf den Schlaf, auf den nächsten Tag, auf die Antwort, die für alle gleich lautet ... und er geht befriedet hinein in diesen eigens für ihn angelegten Irrgarten unendlich verschlungener Wege und will nicht wieder zurück ins Warten, in die scharf abgezirkelten Gevierte gleichförmiger Tage, die er, in diesem Moment zumindest, abgestreift glaubt mitsamt ihren schädlichen Gedanken und Ritualen.

»Was gegen das Virus hilft: Asche, aufgelöst in Milch, täglich dreimal ein Liter. Oder: Spiritus, intravenös. Oder. Europa: dämmert.«

Anfangs war ja nicht alles von Grund auf anders geworden.
Das hätte ihm damals mal jemand sagen sollen: daß das alles von Grund auf anders sein wird und

»Jeder ist Überträger, jeder kann Opfer sein!«

daß es weichen wird, dieses anfängliche Amüsement in ihm über den so aufgeregten Tonfall allerorten und den Zorn der Befürworter harter Maßnahmen und den Zorn derer, die diese Maßnahmen ablehnten ... Alle Warnungen blieben ungehört, und dann, so schien es ihm, verstummte die Menschheit, als zerbreche ein Gesang aus tausenden von Stimmen ganz allmählich in einzelne, heisere Stimmen, die schließlich, als sei ihnen das Stimmband zerschnitten, ebenso verstummten. Klang und Stimme: Er hatte sich danach gesehnt und dann gelernt, auch das zu entbehren ... Er erinnert die Stimme eines Mannes, den sie alle nur kannten als *Sirnétéi*, den Wegweiser, dazu ein Gesicht, daß er nicht erinnern kann: dunkles Haar, Seitenscheitel, randlose runde Brille, plötzlich war das Gesicht überall und auch die Stimme und er wollte ihm glauben, als der Sirnétéi versprach, die Zahl der Toten begrenzen zu können. Er konnte es nicht. Er verschwand oder verlosch oder man vergaß ihn, nichts enttäuscht tiefer als ein Heilsbringer mit leeren Händen.

Was bringt der Tag und was die Nacht?

Niemand wagte zu sagen, was kommen würde, niemand sah es voraus. Es versetzte ihn in Angst, als sein Name auftauchte in einer langen Liste von Menschen, auf denen nun alle Hoffnung ruhte.

Hoffnung. Er ging mit durchgestrecktem Rücken zur Arbeit, als trete er vor einen Richter, um eine Bestrafung entgegen zu nehmen. Nur den Seinen wagte er zu sagen, daß nichts voranging und die Seele kroch ihm immer tiefer in den Leib.
Er hatte nicht kämpfen können oder nicht kämpfen wollen. Er hatte sich lieber ... überlassen wollen ... und fand die Masken und die Handschuhe amüsant, die Warnschilder, die Abgrenzungen, die desinfizierenden Sprühnebel, die man aus Flugzeugen über den Städten ausbrachte, rührend, wußte er doch als einer der Wenigen schon, daß es keinen Schutz gab. Er sagte sich, obgleich er es besser wußte, daß das alles enden würde, enden mußte ... und daß es ihn vielleicht nicht einmal beträfe, wenn er nicht daran denke ... Den rings um sich greifenden Tod glaubte er einem Traum seines in fiebrigem Dämmerschlaf versunkenen Ich entsprungen. Ja, etwas in ihm hatte das alles ausgedacht, ausgelöst, und nur er konnte es beenden. Die alte, unbeschadete Welt gab es noch, sie lag irgendwo unter einem einzigen Gedanken verborgen: *Ich träume es.* Jemand träumt es.
Es kam ihm vor, als zöge sich die ganze Welt zurück, als trete alles zurück hinter einen Vorhang aus Dunkelheit.

Er schlief nicht mehr im Bett, sondern an den Betten seiner Liebsten. Verzeiht mir, sagte er

ihnen in die schlafenden Gesichter, ich kann euch nicht beschützen. Niemand kann es. Wir warten. Wir sind verlassen, sagte er seinen Liebsten nicht, er hätte es ihnen sagen sollen.
Er wartete auf den Schlaf, jahrelang, er schlief nicht und träumte doch. Er kämpfte nicht. Nicht gegen die falschen Ideen, die falschen Entscheidungen. *Ich träume es.*

(My Home is my Knast)

Das wird niemand vergessen: dieses schwere Klicken der neuen Staatstürschlösser, die überall eingebaut wurden, Schwerstahl mit Kombinationsschloß, nur von befugtem Personal zu öffnen; den Bewohnern war nicht erlaubt, ihre Türen zu öffnen.

Fortan: nur noch dieses *eine* Innen, dieses *eine* Außen.

Schlagworthagel. Parolendonner. Die Leugner der Krise zerschnitten mit sehnigen Parolen die Wahrheit und setzten sie zu schmutzigen neuen Szenarien zusammen. Woher nahmen sie die Zuversicht, da sie es doch nicht besser wissen konnten als seinesgleichen? Aber er kämpfte nicht an gegen die Unvernunft, die Brutalität. *Seht ihr es denn nicht,* hörte er andere sagen, *das Offensichtliche kann man nicht leugnen.* Er, als einer der wenigen, die Bescheid wussten über das ganze Ausmaß der Katastrophe, er konnte sich nicht dieser rasenden

Untergangsfahrt entgegenstellen, in der immer neue, eisige Wortschöpfungen die alten Sprachen niederbeugten. Er glaubte, daß sich alles beruhigen würde, sobald genügend Menschen immun wären. Daß es anders kommen würde, hätte er niemals gedacht, niemand wie er.
Im neuen Babylon der großen Sprachverwirrung verstummte er, und weil er keine Worte fand, konnte er die Seinen nicht beschützen. Er hatte Angst gehabt vor der Macht, die er für einen Moment in seinen Händen hielt, und als er sich seiner Macht bewusst wurde, war sie schon in andere Hände übergegangen, die nicht zögerten und die nicht, wie er, in diesem neuen Kapitel der Menschheit als Sprachlose einzig ihre Stummheit bewahrten.

Dann war es still geworden. Vollkommen. Still.

Ich konnte euch nicht beschützen, sagt er leise. Das war eine Lüge. Er hätte es gekonnt, aber er hatte nicht den Mut, zu bewahren. Beschützen bedeutet, sich selbst zu vergessen. Jetzt, da es nichts mehr zu behüten gab, hatte er sich vergessen. Besser zu zweit unter der Erde als allein zu Hause.

{Gehen. Lauschen. Schnuppern.}
{Er zieht die Schuhe aus, geht barfuß. *Stille Nacht: gibt's nur im Märchen.*}

Überall raschelt es, atmet etwas, knarzt, knackt, knistert, summt. Am lautesten aber: der eigene Atem, lauter noch als das alles zusammen.

Es macht ihm nichts aus, daß die Füße kalt werden und schmerzen. Es ist ein *Gefühl* und es ist *echt* und es ist anders als das *Warten*. Er geht, unaufhaltsam, wie es ihm scheint, eine einmal in Bewegung gesetzte und nicht aufzuhaltende Figur, die Mauern überklettert, Absperrungen umgeht, Überwachungskamerablicken entrinnt, ein Schleichmensch, der durch Gärten und Hinterhöfe turnt, durch Hallen eilt, die vor langer Zeit aufgegeben und dann vergessen wurden ... Er bricht durch Gesträuch und Stacheldraht reißt ihm die Hose auf. Er atmet tief ein und die kalte Luft tut ihm wohl. Was stimmt daran nicht? – *Tiefer atmen! – Lebe noch ...!*
Müßte das nicht anders sein? Müßte er nicht jetzt schon etwas spüren von dem tödlichen Aerosol, *den in Luft aufgelösten Viren ...*? Wie lang war noch einmal die Inkubationszeit? ... Vielleicht hätte er irgendwann in den letzten Jahren doch einmal die Morgenansage anhören sollen ... Halluzinierte er bereits: schon tödlich angeschlagen, und die immense Freude am Gehen, an der kalten Luft in seinen Lungen, an den ausgefrorenen nackten Füßen auf dem schorfigen Asphalt, seine unerklärliche Freude am Gehen war schon Wahnsinn,

Delirium, Fieber …
Nicht jede Kugel trifft, mancher soll immun sein von Geburt an, und in manche verbeißt sich das Virus … andere kommen davon … die nicht treffende Kugel …
Es ist kaum erklärbar, aber er kann keine Unruhe in sich entdecken, er findet sich zufrieden, ja, in so etwas Ähnlichem wie … *Glück* … und geht weiter und geht und drückt sich in Schatten und Löcher und Dunkelheit, wenn ein Wagen der Polizei oder des *I.S.S.* vorbeikriecht, und niemand ist draußen außer ihnen und ihm, und ab und an schwirrt etwas über ihm, berührt etwas seinen Kopf, seine Wange, seinen Rücken, er denkt an *Fangdrohnen*, aber nein … zu leise, zu warm, zu weich … da begreift er: *Ja. Richtig. Die Tiere. Die Tiere gibt es noch. Und sie sterben nicht, nicht wie wir, die leben weiter … bessergestellt als je auf dieser gottfernen Welt genießen sie es, daß wir fort sind.*

Er sieht eine unentschlossen dastehende Hunderotte: Zottelwesen, menschenfrei, schwankend. Im Halbschlaf, die Schnauzen gegen den den Himmel gereckt.
{Welches Glück wittern sie?}

Schon vor Wochen, als er das Interniertsein in der eigenen Wohnung nicht länger auszuhalten glaubte, war eine Erkenntnis eingetreten, wie immer bei ihm in einem banalen Moment. Wenn er etwas über sich erfuhr, dann immer in einem Moment, wenn der Körper über den Geist siegte. Er verstand etwas über sich, wenn er krank war, wenn er sein Innerstes ausspie, wenn er etwa seinen eigenen Geruch wahrnahm oder die Absurdität seines alten Körpers, die sich in Falten und Flecken und müden Stellen verbirgt ... Und wann hatte er aufgehört, sich regelmäßig zu rasieren oder den grauen Wust von Haaren auf dem Kopf in eine akzeptable Form zu bringen? ... Und er fand vor Wochen, als er mit Bauchschmerzen auf der Toilette festsaß ... daß er diese gegenstandslose Angst ums Leben verloren hatte und nun eher mit einer distanzierten Neugier das eigene Überleben wie aus großer Distanz betrachtete: ein Körper, eher ein Ding, das auf einem Stück Porzellan ausharrte, in sich hineinhorchte und ganz verwundert das eigene Vorhandensein feststellte ... Mit anderen Worten war die ihn immer bestimmende Angst vor dem Tod einer vagen Neugier darauf gewichen, wie lange die eigene Existenz wohl noch andauern werde.

Er war auch weiterhin nicht unberührt von dem Gefühl der Verlorenheit und er empfand eine gewisse, wenn auch distanzierte Neugier auf das Schicksal der Menschheit. Aber im Grunde hatte er sich mit Gleichmut aus dem alten Menschentrieb verabschiedet, fortzuexistieren. Und in der Internierung wie auch in seinem nächtlichen Ausbruch sieht er sich bestätigt in seinem von frühester Kindheit an existierenden Eindruck, daß die Menschen nicht von Vernunft und Weltsicht, sondern von unbestimmten, rätselhaften Geschehen geleitet werden. Um ihn herum, bis hin zu seinen eigenen Eltern und seiner vor vielen Jahren schon verstorbenen Schwester, hatten alle diese Empfindung eines endlosen Vorrates an Zeit und Möglichkeiten und Zuversicht geteilt ... Nur ihm schien dieses Gefühl keineswegs eigen zu sein. Und hatte er es nicht im Grunde immer abgelehnt, der Herde zu folgen, sich einkesseln zu lassen von Ansprüchen und Rollen, Regeln und Usancen, war ihm nicht immer schon gerade das, was allen genügte, bald schon öde bis zum Überdruß geworden? Zu Hause war er nur im Provisorischen. Zeugte nicht seine Übersiedelung in diese Stadt, von der seine Eltern immer gesagt hatten, hier könne man nicht hausen, durch diesen finsteren Haufen von Häusern und Gedanken reise man am besten mit fest verschlossenen Augen und Ohren – von seiner Unfähigkeit, zu Hause zu sein in Sättigung, Schwerfälligkeit und Gleichförmigkeit –? Und war er nicht vor der Zeit alt geworden über dem stetigen Rütteln an Hindernissen –? Und hatte er nicht immer das größte Glück darin gefunden, in Frage zu stellen, was alle als gegeben hinnahmen? Und war ihm nicht das erste Herz kaputtgegangen, weil er sich mit nichts abfinden mochte, und dann auch das zweite ...?

Gefährliche Klarheit hinter vernagelten Türen. (out of the blue and into the black)

Sein großes Erschrecken: Knochenberge! Am Straßenrand. Das ist doch ... ein Oberschenkel –! Näher heran –! (Erleichterung: Pappelholz, ausgebleicht zu Knochenweiß, zu Knochenformen zerfallen, es lacht der Holzwurm).

Die Stadt liegt nicht im Schlaf und ist nicht wach, sie dämmert, und er geht in ihr herum und hört ihr Verebben: zergehende Strukturen, stöhnende Stahlkonstruktionen, in denen Rost und Zeit alles zersetzen ... Und er gefällt sich mit dem Gedanken, keine Behausung mehr zu haben ... Im *Außen* zu sein, *vor* allen Türen ... Und er steht vor Gitterpforten, Haustüren, in Hausgevierten und liest die Namensschilder, die ausgeblaßten, und eine Rührung packt ihn ob dieser vielen Namen, die so wunderschön und fremd klingen, wenn er sie für sich flüstert ... Er sieht hinauf zu erleuchteten Fenstern und entlang dunkel aufragender Häuserzeilen und er überlegt, daß es nun schön wäre, irgendwo anzuläuten und den Menschen, der öffnen wird, den ersten Menschen, der es wagt, zu öffnen ... nach seinem Namen zu fragen ... ihn in ein Gespräch zu verwickeln oder zumindest einige Worte zu wechseln, einen fremden Atem wahrzunehmen ... und sich fragen zu lassen, wie er hinausgekommen sei und was er in tiefster Nacht hier draußen verloren habe, ob er vielleicht, da er sich hinaustraue, einer von den wenigen *Immunen* sei oder, schlimmer, ein *Inspektor*, ein *Infektionswart*, ein *Lauscher* ... Doch nein! ... Es geht ja nicht! Niemand könnte ihm öffnen, selbst bei größter Entschlossenheit könnten sie ein solches *Staatstürschloß* nicht öffnen ... allenfalls könnte er rufen, schreien ... Unsinn! Allemal ist ihm, als er die Straßen quert, sich an Toren und in Eingängen festhält, dann weiterstromert, zurückkehrt an warm leuchtende Fenster und wieder hinaustreibt in die Nacht, das Alleinsein kostbarer als das Gespräch. Im Grunde, denkt er, sehnt er sich nicht nach einem Gespräch oder einem menschlichen Kontakt, sondern nur nach einem Moment des Beobachtens und Beobachtetwerdens: ein kurzer Augenblick gegenseitigen Belauschens, bevor er in die vertraute Einsamkeit zurücktauchen würde.

{Auf keiner Straße ist ein menschliches Wesen zu sehen, keine Zweibeiner ... wohl aber Tiere ... Marder, Dachse, Katzen, Füchse und Größeres, Wölfe vielleicht, und dort, sieht er dort nicht, schwer über lange schon nicht mehr mit kostbarem Abfall gefüllten Tonnen stehend, einen Bären ...?}

Das ist sein Land, sein unentdeckter Kontinent. Weiß noch ist alles, bereit, von seinen Blicken kartographiert zu werden.

Abyssinien!

{Here be Dragons!}

Und sein Blick, ins Kindhafte zurückgesteigert, sieht Monster, wo Baukräne rotten, sieht Meere, wo defekte Schleusen und Kraftwerksluken in Hinterhöfen und Baugruben dunkle Stauwasser sammelten, das ist sein Land, das er sich nehmen wird, benennen wird, und hier, sagt er leise und

Unheimliche Weite = Hades = chthonische Ödnis, von Stadtbauämtern verbrochen.

innerst amüsiert, endet die Zivilisation und hier gehen Ruhm und Gloria in Flammen auf, und er tätschelt einem Autowrack, das vor langer Zeit ausbrannte, die verglühte Flanke. Nun sind Dachse und Marderhunde deine Mieter! Ein Auto. Ihm wird weich ums Herz vor Nostalgie: Alle Autos holte man ab, als der Individualverkehr untersagt wurde ... Man stellte, zur Befriedung der Enteigneten, Bänke auf die Straßen, auf die niemand sich setzen mochte außer den Vögeln, die, so schien es, sich niemals recht wohl fühlten auf diesen übertrieben langen und bunt lackierten Sitzmöbeln, die von etwas Verschwundenem berichteten ... Und dann hatte man auch diese Bänke wieder abgebaut, man ließ das Gras aus den Ritzen drängen, Bäume aus Rissen sprießen ... Leer ist sein Kontinent, leer wie diese Straßen, auf denen sein Schritt tief einsinkt in jahrzehntealte Laubdecken. Altes Kinderspiel: Versinken im Herbstlaub und unsichtbar sein! Jetzt ein Spiel des Erwachsenen. Eines alten Erwachsenen. Eines einsamen alten Erwachsenen. Über ihm so ein Mond: krumm, krankgelb, schlampig aufgehängt.

Wozu die Schönheit, wenn keiner zuschaut?

Lange bleibt er auf einem großen leeren Platz stehen und sieht einem verwilderten Hund zu, der etwas Schwarzes, Struppiges, Totes wegzuzerren versucht. Er schaut dem kräftigen Körper des Hundes gern zu ... Da läßt der Hund ab von der Beute, kommt auf ihn zu mit blutiger Schnauze und hängendem Kopf, bleibt knapp vor ihm stehen, unentschlossen, ob er um ein Almosen, eine schnelle Liebkosung bitten soll ... ob er den möglichen Futterneider mit einem schnellen Biß verjagen muß ... Harmlos, der Mensch! Nichts von ihm zu erwarten!

Der Hund kehrt um, zerrt das Tote weg von ihm, der Hund trägt noch ein Halsband mit einem Namen darauf. Dem Menschen ist er schon scharf entwöhnt, und das Rumpeln einer Straßenbahn, die zu seinem nicht geringen Erstaunen hell und leer jetzt den Platz quert, trennt sie endgültig. Als die Bahn vorübergezogen ist, ist außer einer Schleifspur nichts mehr von dem Tier und seiner Mahlzeit zu sehen ... Doch tritt nun aus dem Dunkel, in dem es sich wohl schon die ganze Zeit über befunden haben muß, ein Kind, ein Mädchen, denkt er, der langen Haare wegen. Es tritt ins Licht, bleibt jedoch in einer Entfernung stehen, die es ihm erlauben würde, mit großem Vorsprung zu flüchten, sollte der Erwachsene sich feindselig zeigen.

Zerberus, aber mit Halsband!

Doch der alte Mann ist nicht feindselig, er steht starr und glotzt, und das Kind begreift rasch, daß er furchtbare Angst hat.

... auslaufende Minuten der unfruchtbaren Menschheit: »lebenslänglich« ausgestorben = Kopfkissen mit unzüchtigen Büchern ausgestopft ...

In Kindern sitzt das Virus ... die tödlichste Form des Virus, die nur Erwachsene angreift und dezimiert, in den Kindern aber nicht einmal ein Fieber auslöst ... Von einem kurzen Unwohlsein abgesehen, ist die Krankheit für sie gefahrlos. Diese trostlose Gesundheit der Todbringer, denkt er.

Der alte Mann muß sich in acht nehmen, denkt das Kind, für ihn bin ich der Tod.
Das Kind ist nicht so jung, wie es zunächst schien, es geht wie mit Gewichten beschwert, die Füße (ihre? seine?) mit Gummistiefeln entstellt, drei Größen zu groß. Kind. Er denkt das Wort pausenlos. Kind.
{Kind: Dämon. Tod.}
Das Kind hebt die Hände, es geht zwei knappe Schritte auf den Alten zu, so daß es ihn ansprechen kann, ohne ihn berühren oder durch seinen vergifteten Atem infizieren zu können. Es sagt: Ich tue Ihnen nichts, aber ich habe Hunger ... haben Sie etwas zu essen ... Etwas? ... Bitte ... Ich habe nur Hunger ... Laufen Sie nicht fort!

Der alte Mann rührt sich nicht. Erdwärts gekehrter Blick: Hat er verstanden? Ist er immer noch ängstlich? Warum sagt er nichts, warum bewegt er sich nicht? Das Kind senkt die Hände, es macht wieder einen Schritt zurück ins schützende Dunkel. Nein, hier ist keine Hilfe zu erwarten,

begreift es, der Alte wird es verraten, wie alle anderen Erwachsenen es auch verraten würden, und dann wird man es fortschaffen in eine dieser Einrichtungen ... wo man die Kinder reinigt, wie man es nennt in der eigenartig kalten Sprache der Oberen.
Du bist verletzt, sagt der Alte.
Das Kind nickt. Die Wunde ist nicht frisch, aber sie will sich nicht schließen. Immer wieder bricht sie auf, eine achtlose Bewegung genügt und der dünne Wundschorf bricht wieder auf, und nun hat sich, das Kind kann es an der pochenden Wärme spüren, eine Entzündung entwickelt, so daß jeder Schritt zur Anstrengung wird.

Man muß das behandeln, sagt der Alte, seine Stimme klingt nicht unfreundlich, auch wenn er unverändert dasteht, reglos, eine dunkle Säule auf dem leeren Platz, im abgerissen wirkenden Mantel ähnelt er den *Jägern*, die sich nehmen, was sie benötigen. Aber das Kind kann keine Waffen an ihm sehen, und wäre er ein Jäger, überlegt es angestrengt, dann wäre es schon Beute, dann würde er nicht die Verletzung ansprechen.
Ich habe nichts zum Behandeln, erklärt das Kind.
Wenn das eitert ... und die Entzündung größer wird ... Daran kannst du sterben, weißt du, sagt der Alte.
Kennen Sie sich damit aus?

Ja, erwidert der Mann.
Er kommt einige Schritte näher, doch das Kind hebt die Hände. Nein, ruft es, bleiben Sie weg, das ist nicht richtig ... Ich habe die Krankheit, Sie werden sich anstecken ...
Ich weiß, sagt der Alte und setzt seinen Weg fort. Er ist schon sehr nahe, als er hinzufügt: Wenn du nicht wegrennst, renne ich auch nicht weg.
Er lotst das Kind ins Licht, dann bückt er sich, zieht die aufgerissene Kleidung etwas herab, hebt den improvisierten Verband aus schmutzigen Lumpen an, das Kind hört ihn scharf einatmen, es weiß schon, daß die Erwachsenen solche Laute machen, wenn etwas sehr ernst ist. Es erinnert diese Laute von den Eltern.
Das sieht nicht gut aus, sagt der Alte und erhebt sich mit einem unterdrückten Ächzen. Er sieht sich um, der Blick rätselt an schwarzen Schaufensterscheiben und dunklen Fassaden entlang, dann greift er nach der Hand des Kindes: Komm mit.
Das Kind entreißt ihm die Hand, mit einem Schrei: Wissen Sie nicht, wie gefährlich es ist ... meine Hand zu nehmen ... das bedeutet doch ...
Das weiß ich, hört es den Alten, in dessen Stimme nun eine Spur Ärger hochflammt, kommt jetzt mit, wir müssen uns etwas einfallen lassen.
Das Kind ist verwirrt, es zögert, es steht fest, als der Alte es fortziehen will.
Wenn wir hier stehen bleiben, wird uns früher

oder später, vermutlich aber recht bald, die I.S.S. finden ... Das geht für keinen von uns beiden gut aus, also komm.

Er ist schweißgebadet, der Mantel schützt seinen erhitzten Körper mangelhaft vor der Kälte der Nacht, er flucht, wie er seit langem nicht mehr fluchte, es will ihm nicht in den Kopf, warum es so schwer ist, dieses Glas zum Brechen zu bringen. Seit einer halben Stunde schon hämmert er auf die kleine Scheibe dieser Tür an der Rückseite eines Labors ein, außer Rissen zeigt sich nichts. Das Kind steht zitternd neben ihm, sieht sich um, wie er sich umsah, als er seinen Weg in diese Nacht antrat. Keine Angst, sagt er, hierher kommt heute keiner mehr, niemand wird uns sehen, und wieder setzt er den Stein an und jagt ihn gegen die Glasscheibe. Immer auf die gleiche Stelle, sagt er laut, um sich und das Kind bei Laune zu halten, dann gibt es einen ersten Punkt, der nachgibt, den man kleinkriegt ... dann wird dieser Punkt größer ... bis zuletzt die ganze Struktur bricht ... man muß nur wissen, wo man angreift ... und endlich haben wir das Loch und können hineingreifen und die Tür öffnen.
Er denkt nicht nach über Alarmsicherungen oder daß im Innern vielleicht jemand auf sie wartet, er geht davon aus, daß es leer ist im Innern, verlassen wie seit Jahren, seit er ...

»Meldung I.S.S.: Detektion einer Freilaufenden, nach erster Auswertung der audiovisuellen Aufzeichnung von 0:18, Standort L ... Straße nahe Kreuzung K. eine Person unter 14 Jahren. Suchradius eingeschränkt auf 500 Meter um Meldestandort. Einheit L-22 ausgerückt zur Ergreifung.«

Als die Scheibe endlich nachgibt und er sie aus dem Rahmen bricht, lacht er. Es ist nicht zu fassen, sagt er, er hat seit langem nicht mehr gelacht, seit langem nichts mehr getan, daß sich so richtig anfühlte wie dies hier. Warte, sagt er zu dem Kind und will die Tür, die er nun offen hat, aufstoßen und hineingehen, da wendet er sich noch einmal um: Lauf nicht weg. Ich kann dir helfen. Wirklich. Wartest du?
Das Kind nickt. Er ist nicht sicher, ob es noch da sein wird, wenn er zurückkehrt.

Er erinnert sich des wunderschönen Klangs einer Stimme, die freudig rief: Wir haben ein paar Freunde mitgebracht!

Aber das Kind ist noch da, es kauert mit dem Rücken an der Wand und fährt hoch, als er aus der Tür tritt. Immer diese Angst, denkt er, warum immer diese Angst in uns. Er hebt seine Beute hoch: Verbandszeug, Desinfektionsspray, Schmerztabletten in einem knisternden Beutel aus silbern glänzender Folie, eine Spritze, Ampullen …
Angst vor Spritzen?, fragt er.
Nee, sagt das Kind. Du?
Nicht mehr, sagt er. Und strahlt: Ist das nicht phantastisch? So etwas Gutes bekommt man nicht mehr, schau mal! Das Beste, was es gibt … nun, was es einmal gab …
Er erklärt dem Kind, was er tun wird: daß er den Verband entfernen, die Wunde ausspülen und reinigen wird … daß er das Spray einsetzen wird, was, dessen sei er leider gewiß, scheußlich schmerzen

werde, und dann, wenn das alles vorüber sei, werde er einen festen Verband aufbringen. Dann die Spritze ... Er gibt dem Kind die Tabletten: Verwahre sie gut, nimm eine davon am Morgen und eine am Abend! Er macht sich an die Arbeit. Das Kind hält still, es läßt keinen Laut hören, nicht einmal, als er das antiseptische Mittel auf die Wunde aufbringt. In manchen Kindern steckt eine Courage, der zwanzig Erwachsene zusammen nicht das Wasser reichen können, denkt er. Im Halblicht der entfernten Straßenlaterne sieht er zwar genug, um die Wunde zu behandeln, aber er kann die Miene des Kindes nicht deuten. Es beunruhigt ihn nicht. Er konnte auch die Miene seines eigenen Kindes nicht deuten.

»... der noble und trostlose Garten, in dem sich hartnäckig der Irrtum hält, der Tod stille allen Lebensschmerz.«
Pier Paolo Pasolini

Das eigene Kind. Wie schmerzlich diese Formulierung die Ränder seiner Erinnerung streift. Da ist ein heller Haarschopf, die vage Erinnerung an eine zarte Stimme, an eine Wärme in ihm, wenn er dieses Kind, sein Kind, ansah, wenn es sich ängstigte und es ihm gelang, es zu beruhigen ... und es dann befriedet in seinen Armen schlief ... Sein Kind. So viele hatten Kinder. Er kann sich nicht erinnern, wann ... wann war es, als man sein Kind abholte, zu seinem eigenen und dem Schutz der Familie, wie man sagte –?
Er erinnert es nicht.
Sie können das Kind besuchen, man wird Ihnen

»Buße: das Wort zeichnet Schreckbilder. Hinabsteigen in die Buße, daß Unrecht und Falsch sich verzehren.«

alles weitere mitteilen, hört er noch immer die Stimme der freundlichen Vollzugsmenschen.
Dann Stille.
Seine Hände beginnen zu zittern.
Wann?
Als er den Verband fixiert hat, muß er sich hinsetzen. Es ist Blut an seinen Händen, das Blut des Kindes: das ihm dankt, das sich erhebt ... das noch einen Moment stehenbleibt ... die Hand hebt ...
Er erkennt nicht, ob es ein Winken andeuten will oder ihn berühren ... dann sinkt die Hand, das Dunkel breitet sich aus, er hört ein Rascheln, das Licht verändert sich und er ist allein.

»Meldung 23:55: Aus Einrichtung K., Block 37, ist eine weibliche Person im Alter von 13 Jahren, 3 M. entkommen. Umgehende Ergreifung notwendig. Umliegende Blocks abgeriegelt ...«

Leb wohl, sagt er ins Dunkel, achte auf dich ...
Laß dich nicht stehlen ...

Die plötzliche Leere treibt ihn fort. Ab und an sieht er jemanden stehen in einem Fenster und es ist nicht auszumachen, ob diese Person ihn überhaupt sieht oder in ihm nur etwas Unmögliches realisiert, so unmöglich wie der Anblick eines Kindes ... oder eines Platzes voller Menschen ...
Der Mann lächelt, er ist nicht sichtbar und in Freiheit.

Daß zu dieser Stunde über der Stadt ein Schneefall einsetzt und ein eisiger Wind die weißen Flocken in Wirbeln über die nassen Asphaltbahnen treibt, entzückt ihn. Das Aroma von Schnee ist ihm fremd, fremd geworden, aber so sehr es ihn lockt, weiter durch die Stadt zu treiben und sich anzusehen, wie alles nun in weißer Verhüllung aussehen mag, so sehr treiben ihn die Kälte, die ausgekühlten Füße und Beine, die im Laternenlicht dunkelverfärbt aussehenden und bis in die Spitzen wild schmerzenden Hände in die Wärme ... Er weiß nicht, wo er nun anlanden könnte, und die fröhliche Stimmung schwindet dahin, als er sich in einem Schaufensterglas sieht: eine merkwürdige, weißköpfige Figur, in den dunklen Mantel gehüllt wie in zerfetzte Pestlumpen und die Augen tief liegend in den Höhlen, und es fällt ihm ein, daß er vor langem, etwa zu Beginn der *Maßnahmen*, gehört hatte, daß das Virus den Verstand eintrübe, die Orientierung nehme und bei jenen, die ihn überlebten, die räumliche Wahrnehmung eingetrübt, wo nicht zerstört hatte ... weswegen man überhaupt erst nicht mehr allein ins Freie durfte. Und als sich die Wohnungstüren fest von außen verschlossen und die große Internierung begann, da war es keinem Menschen mehr erlaubt, ohne *richterliche Erlaubnis* ins Freie zu gehen ... und er hatte zu seiner Frau gesagt ... Aber das ist so lange her ... und obwohl sie so lange miteinander lebten und ein Kind hatten, erinnert er sich seltsamerweise nur mühevoll an sie, als müsste jeder Gedanke an sie oder das Kind durch eine Membran

Die Städte, die achtlos Körper einschließen, die Häuserreihen: Grabsteinreihen. Tage und Erinnerungen so karg wie die Freiheit, die geblieben ist.

aus Schmerz geleitet werden. Er erinnert nur Einzelheiten, etwa die Finger oder eine Haarsträhne und die Art, wie diese sich am Ohr kringelte, oder wie sie, seine Frau ... seine Frau!, sich an ihn schmiegte, als ... Wieder kann er nicht bestimmen, wie lange das her ist, vielleicht weil er vergißt oder weil die Zeit kein Interesse mehr an ihm hat und ihm jeden Begriff von sich nahm.

Die ganze Stadt ist unbewohnbar, die Häuser sehen aus wie nie belebt. Unfruchtbare Stille.

Er steht eine Weile vor dem Glas, in dem er sich als zitternden Umriß sieht, und er überlegt, was er zu dieser Stunde, ein Quarantänebrecher ohne Maske, ohne Telefon, ohne Geld und ohne eine rechte Ahnung, wo er ist, tun kann.
Bestimmt wird man ihn finden ... verhaften ... ausfragen ... und dann in einer der *Anstalten* verschwinden lassen, wo die Unverbesserlichen landen. Die Quarantänebrecher, die nie mehr irgendwo auftauchen und wahrscheinlich eliminiert werden –
Die Namen der Einrichtungen sind geheim und niemals offiziell geworden und doch in einem dämmrigen Bewußtseinswinkel jedem bekannt: Pittoreske Schlösser weit draußen ... Leere Fahrzeughallen, die überflüssig gewordenen Flughäfen, alles rasch umgebaut zu diesen *Containment Stations.*

Der Schrecken, der ihn über diesen Gedanken überrennt, erscheint ihm so unnatürlich und

widersinnig wie ein Anflug von Wahnsinn, in dem sich jeder vertraute Gedankengang zersetzt.
Für einen Moment war er bereit, für etwas Wärme jede Strafe hinzunehmen. Kalte Hände und Füße. Er findet sich lächerlich. Das bißchen Kälte!

Die eigene Wohnung rückt weit fort ins Märchenhafte, als habe es nie so etwas gegeben wie einen Tisch, ein Bett, einen brummenden Kühlschrank, ein Glas Wasser gegen den Durst ... Im Rückblick erscheint ihm sein Leben als behütetes Dasein.
In diesem Moment, da er einsehen muß, daß es keine Rückkehr geben kann, da ist ihm, als habe sich endgültig alles ihn Bindende verloren. Besitz, Erinnerung, Normalität, Zuhause, Ich: ausgemusterte Worte.
Ich. Ein paarmal hintereinander ausgesprochen ein ganz sinnentleertes, absurdes Wort. ICH?
Leere.

Todmüde und schon bereit, sich in einem Hauseingang, in einem Verschlag oder an irgendeinem Ort, wohin der Wind und das Eis nicht dringen können, niederzulegen, gelangt er an die Endhaltestelle der Straßenbahnlinie 6. Er sieht vor sich den wie ein aus dem Himmel herabgestürztes Gefährt leuchtenden Zug und kann, als der Blick sich scharfgestellt hat, eine einzelne Gestalt darin erkennen, den Rücken ihm zugewandt. Und er denkt, schlotternd, kaum noch bei sich selbst: *Ruhen, aufwärmen, ruhen …* Und diese Worte, vielmehr die hinter ihnen stehenden Empfindungen, geben ihm die Energie für die Schritte hin zu dem Gefährt, dessen Türen sich ihm mit großer Selbstverständlichkeit öffnen, so daß er, ohne weiteres Nachdenken, sich auf einen Sitz fallen läßt und auch die merkwürdig vertraut erscheinende, wie aus einem dichten Nebel sehr langsam hervortretende Gestalt des Mannes hinnimmt mit der Ergebenheit eines Erschöpften, der nun bereit ist, *alles* über sich ergehen zu lassen.

Diese lange Nacht, durch die wir gehen, die uns nicht mit einer Ankunft belohnt, sondern mit einer ins Endlose verlängerten Dämmerung. Ein Morgen, der nur wenigen vergönnt ist …
Die Stimme des Mannes ist angenehm. Er spricht, als befände er sich weit über der Erde, weit außerhalb des geschützten Raumes des Waggons, über dem der mit kaltem Licht gesprenkelte Winterhimmel mitleidlos die lächerliche Winzigkeit alles Menschlichen im ganzen Kosmos aufzeigt, und während das Pochen in den Händen und Füßen langsam abebbt und er sich wieder imstande fühlt, etwas zu sagen, blättert der Mann mit der angenehmen Stimme weiter in einem Buch, dessen Seiten, soweit es zu erkennen ist, aufs engste mit handgeschriebenen Buchstaben ausgefüllt sind.

Ich bin ein *Ausbrecher*, gesteht er in Ermangelung eines besseren ersten Satzes dem Mann, der nicht aufsieht von seinem Buch, sondern mit großer Ruhe zu horchen scheint … auf *ihn* horcht … während er weiterhin die Seiten durchblättert und auf die Erklärungen des halb Erfrorenen wie zur Antwort Zitate aus dem Buch vorliest: *Diese durch die Dunkelheit tastenden Lichtriegel erinnern an den Krieg, als es schien, man könne allein mit einem Strahl von Licht ganze Flugzeuge aus dem Himmel fangen wie die trägen fetten Sommerfliegen mit den vierzehn Leben.*

In der Wohnung hielt ich es nicht mehr aus, sagt er zu dem Mann, seltsam genug, ich lächelte über Menschen, die sich fortwährend in die Gesellschaft anderer Menschen wünschten und unruhig wurden, wenn man wegen schlechten Wetters oder einer Erkrankung nicht aus dem Haus kam … und ist es nicht eigenartig, daß einer wie ich, ein alter Mann, die Staatstürschlösser umgeht und ausbricht und herumgeht und eine immense Strafe riskiert, nur um ein wenig frische Luft zu nehmen und einen Blick auf etwas anderes als die eigenen Wände?

Seltsam ist daran gar nichts, erwidert der Mann, der sich als *Garham* vorstellt, wobei er offen läßt, ob es sich dabei um seinen Vor- oder seinen Familiennamen handelt, und der auch, während er sein Gegenüber direkt ansieht und anspricht, das Buch offen und wie zufällig den Finger am Ende des letzten gelesenen Wortes liegen läßt, als müsse er den Buchinhalt fortwährend im Blick behalten, aus Furcht vielleicht, es könne sich in dem einen Augenblick, da er nicht hinsieht, alles auflösen oder ganz anders werden.

Seltsam ist vieles, nicht aber der Wunsch, hinauszugehen ... Deshalb habe ich diese Arbeit gesucht, das Fahren der Bahnen ... Ganz gleich wie trüb auch die Aussichten für die Menschheit sein mögen, die Bahnen werden immer fahren ... Der Fahrplan ist so etwas wie ein Gesetz. Ein Naturgesetz sogar. Wenn wir nicht mehr fahren, sagt Garham und streicht dabei mit den Fingerspitzen über das Buch, wie ein Blinder den Buchstaben eines Satzes nachtastet, dann ist wirklich das Ende aller Zivilisation eingeläutet ... Aber noch fahren wir, jeden Tag und jede Stunde zu gewohnter Zeit, und wenn auch niemand in den Bahnen sitzt, so vermittelt das Quietschen in den Fahrrinnen, das Ertönen der Signale und der Anblick der regelmäßig durch die Adern der Stadt kreisenden Wagen etwas Vertrautes und Normales, und vielleicht ist es nur das, was die Leute davon abhält, aus ihren Wohnungen auszubrechen und in einem großen Aufruhr alle angestauten Empfindungen und Ärgernisse auszutoben.

Das Buch ... sagt er, und schon beim Wort *Buch* nimmt der Mann Garham, wie um etwas Kostbares vor den gierigen Augen eines Diebes zu schützen, das Buch näher an seinen Leib heran ... Darf ich fragen, was es mit dem Buch auf sich hat? Es scheint kostbar zu sein ... ein Unikat womöglich ... etwas ganz Einmaliges vielleicht ... Verzeihen Sie, ich kann es nicht ändern, nur so habe ich mich auch in diese Lage gebracht: Ich kann mich nicht abfinden mit Unerklärtem. Offene Fragen: ein Graus ... Was ist das mit diesem Buch? Wann, wenn ich fragen darf, kommen Sie denn zum Lesen?

Jetzt, wie Sie sehen, sagt Garham, dessen Gesicht, anders als im ersten Anschauen noch zu glauben war, kein junges Gesicht mehr ist, vielmehr das Gesicht eines Menschen, dessen Zweifel und Kämpfe sich nicht in Falten und Narben widerspiegeln, sondern in der Tiefe der Gedanken und der Art des Sprechens, die sich Zeit läßt, weil Zeit keine Rolle mehr spielt.
Ich kann lesen, wann immer ich an der Endhaltestelle bin, wann immer ich die fahrplanmäßigen fünf Minuten Aufenthalt einzuhalten habe ... oder die großen Pausen von Schichtwechsel und Mittagsruhe, die uns auch in dieser Zeit eingeräumt werden ... Ich gestehe, daß ich mir aus Büchern lange nichts gemacht habe, ja, um ehrlich zu sein,

bedeutete mir ein Buch so viel oder so wenig wie ein Alltagsgegenstand, sagen wir ein Wasserglas oder ein Radiergummi, nichts also, das unersetzlich wäre ... Bis ich schließlich ... es tut mir leid, Ihnen das so sagen zu müssen, wie es ist, denn es wird dafür sorgen, daß Sie sich sehr unwohl fühlen werden ... einen Menschen *umgebracht* habe ... Ich sehe, daß Sie sich aufrichten, daß Ihr Gesicht unter Anspannung steht ... haben Sie keine Angst! Ich bin nicht mehr gefährlich ... nicht gefährlicher jedenfalls als ein Buch ... oder ein paar Worte, die wie Gift wirken, wenn sie nicht in den für sie bestimmten Ohren landen.

Er setzt sich Garham gegenüber so zurecht, daß er, sollte es notwendig sein, an ihm vorbei ins Freie stürzen könnte ... doch andererseits, denkt er, wozu die Aufregung? Sagte der nicht eben, er sei harmlos? Und ist es nicht interessanter, seine Geschichte anzuhören, als sich aus lauter sinnloser Angst blind und taub zu machen?
Und wirklich erweckt Garham nicht den geringsten Anschein, als wolle er sich bewegen oder gefährlich werden. Er sitzt, wie er schon gesessen hat, als sein Nachtgast ins Waggoninnere stolperte: mit den Händen fest am Buch und in der entspannten Haltung eines Lesers, der soeben zurückkehrte von der Wiedereroberung verlorener Kindheitsparadiese, wie sie in manchen Büchern schlummern.

Ich kam vom Land, fährt Garham fort, als er sieht, daß sein Gegenüber sich von der Eröffnung nicht in die Flucht schlagen läßt, ich wuchs auf hinter einem schwarzen Haufen Erde, zwischen Mauerbruchstücken, uralten Kleiderkästen, in denen noch die Staffage des neunzehnten Jahrhunderts hing, an den Wänden Ölgemälde und Wandteppiche und die Armut in allen Zimmern. Das Knirschen erinnere ich genau: Im Essen war immer der feine Sand, den man auch mit noch so häufigem Spülen nicht aus dem Gemüse herausbekam … Und wenn ich nicht dieses Schmirgeln von Sand in den Zähnen so satt bekommen hätte, wäre ich heute vielleicht immer noch dort, zahnlos wohl und eingesperrt in einen baufälligen alten Kasten, der seine Bewohner so sehr erdrückt wie ein falsches Gesetz seine Opfer.

Der Zauber der Großstadt, wie man so sagt, zog mich an, der Lärm, das Rauschen, die hellen Nächte, der Benzinduft, Morphium, Überfall, Begaunern, Krach und Versöhnung, die Avantgarde … ein Kind vom Land, das bereit war, alles anzuhören und anzusehen und mitzumachen … Und ich ließ mich fangen von den riesigen Lichtschnörkeln der Reklamen, von den hunderttausend Überflüssigkeiten und der leichten Liebe, die kommt und geht, ich wollte so ungezähmt-unzähmbar sein wie es nur eben denkbar war … Kam ins Gefängnis und durfte wieder hinaus, ein erodiertes Dasein, kein Halt nirgends, ich war eine ausgehöhlte, ausgefranste Gestalt ... Ich versuchte zu vertuschen und zu vergessen, aber meine Tat drängte nach außen, über meine Haltung, über meine Lippen, ja, ich glaube fest, man sah es mir an ... Ich stimmte eben nicht mehr mit der Welt überein ... was mich allerdings, wie Sie leicht einsehen, gut auf die heutige Lage vorbereitete. Auf groteske Weise sind nun alle Vorzeichen in ihr Gegenteil verkehrt: Jetzt bin ich frei und alle anderen sind eingesperrt – als wären sie alle an etwas schuld und nicht ich ... und obgleich ich von mir sagen könnte, ich hätte alles gesühnt und könnte hier als Ehrlicher sitzen und in einem Buch lesen, bin ich doch nach wie vor ein Mörder, ein Mensch, dem ich, wäre ich an Ihrer Stelle, niemals die Hand geben würde ...

Mit dem Buch, müssen Sie wissen, hat es folgende Geschichte: Es ist das erste und das einzige Buch eines Menschen, für dessen Tod ich mich verantwortlich halte ... So geschrieben und gemacht, daß ich, als ich es einmal in die Hand genommen hatte, mich nicht entschließen konnte, es wieder herzugeben. Es macht zärtlich. Was ich da in der Hand halte, ist so viel mehr als nur etwas Papier, etwas Karton, etwas Faden und Farbe ... Obwohl es unbezahlbar ist, würde niemand es stehlen. Aber was rede ich da? Es ist ja so gut wie niemand unterwegs. Und die, die hinaus dürfen, haben gewiß besseres zu tun, als ein Buch zu stehlen ... Noch nie war es so sicher in der Stadt.

Ist Ihnen aufgefallen, wie die Tiere herumgehen? Sie sind ganz ohne Scheu, sie bewegen sich in Rudeln durch die Straßen, schlafen in den Parks und Gärten und niemand schießt auf sie ... Paradiesisch, vielleicht? Sehen Sie nur dorthin! – und Garham zeigt auf einen Punkt im Dunkel, an das sich die Augen seines Gastes nur langsam wieder gewöhnen, nachdem sie die Helligkeit des Waggons aufgesaugt haben, und langsam enttauchen dem Nachtdunkel erst ein, dann zwei, dann weitere Fuchskörper, die schnuppernd und suchend sich dem Waggon nähern und auch nicht Reißaus nehmen, als Garham neben den Fahrersitz in eine Tasche greift, etwas daraus hervornimmt und dann durch die Tür zu den Tieren hinwirft, die es hastig aufnehmen und davontragen.

Schöne Tiere, sagt Garham, und vollkommen friedlich, wie übrigens die meisten Tiere. *Datemi pace, o duri miei pensieri ...* Gebt mir Frieden, ihr lästigen Gedanken ... Erinnern Sie sich an Ihre Kinderzeit? Ja? Nein? – Wo ich aufwuchs, da waren Käfer, jede Menge Käfer, die ganze schwarze Erde wogte, hob und senkte sich unter ihrer Menge, ungeheuer schöne Käfer, grüngelb und bläulich, goldgelb und metallisch rostbraun, kühle Körper mit Fühlern und immerzu tastenden Beinen, spitz und rund, ich sammelte die Käfer in kleinen Behältern, um sie, wann immer ich wollte, wieder betrachten zu können ... Vielleicht gefiel es mir auch, daß ich ihnen eine Grenze aufzeigte, sie waren mir ... *ausgeliefert* ... und ihre Schönheit war nun allein für mich da ... Seltsam, nicht wahr, obskur ... Kindergedanken ... Aber wenn man alles einmal von weit oben betrachtet, ist alles so ein Gewimmel, eine bunte Pracht, eine eigentümliche, freudige Menge, die keine Ahnung hat, wann der sie Beobachtende zugreift und sie alle einsperrt oder seine Laune an ihnen ausläßt ... Es ist doch erst Jahre her, da waren die Geschäfte stets voll von Menschen, und in den großen Hallen und Zelten wurde gefeiert und man hatte noch diese Erwartung in den Gesichtern, die Tage waren leuchtender, und die Erinnerungen aus Kinderzeiten waren uns noch näher ... Ich erinnere mich besonders gerne an diese Früchte, die man kaufen konnte in jedem Geschäft und die es heute nicht mehr gibt, keine Handelswege mehr! Ich erinnere mich, daß die Früchte ein Grün hatten, das man nicht beschreiben kann und ... an den Geschmack erinnere ich mich ebenfalls, ein scharfes, leicht süßliches Aroma, das einem die Tränen in die Augen trieb, und ich erinnere mich jetzt, da ich Ihnen das alles erzähle, an die Pflanzkästen meiner Eltern, aus denen nach einmaligem Gießen schon die grünen Setzlinge aus der Erde stießen und dann mit einer Kraft und Schnelligkeit wuchsen, daß ich nicht selten glaubte, die Pflanzen besäßen eine geheime Kraft, die der unseren, menschlichen, weit überlegen sei und die sie nur nicht anwendeten, weil wir es nicht wert waren, Zeuge zu sein dieser Demonstration von Vitalität ... Und ich erinnere mich, daß ich, als ich noch jung war, alte Menschen verachtete und verspottete, die jeden Satz begannen mit: Ich erinnere mich ... Gewiß langweile ich Sie mit diesen Betrachtungen und Sie glauben, ich zögere die Antwort auf Ihre unausgesprochene Frage hinaus, wer es denn war, den ich umbrachte, und weshalb ich es tat ... und wie ich in den Besitz dieses Buches kam, auf das Sie Ihre Augen so neugierig richten ... Das war alles so anders, als man es in der Zeitung lesen konnte, ein Traum von Freiheit und Glück und das Zerplatzen dieses Traumes an den scheußlichen harten Mauern, die wir als Realität bezeichnen ... Und es war das Phänomen des Wortes und daß der, dessen Buch ich bewahre, sich im Wort auszudrücken verstand, und wie gewaltig er es konnte, und der bestürzende Gedanke, daß ich die gleichen Worte aus den sechsundzwanzig Buchstaben des Alphabets formen könnte, ja, viele dieser Worte kenne ... aber nicht annähernd etwas Ähnliches zustande brächte .... ja, kaum einmal ausdrücken könnte, was ich erlebte im Gefängnis oder was dem vorangegangen war und was in mir im Moment der Tat vorging. Ich könnte es nicht beschreiben, obwohl doch ich es war, der die Handlung beging, aber was ich dachte oder was im Moment der Tat mich antrieb, ist kaum in Worte zu fassen. Nur meine immense Bestürzung kann ich ausdrücken, daß ich durch dieselben Straßen gehe, daß ich als Fahrer dieser Bahn dieselben Orte aufsuche, an denen mein Opfer ging, das ist mir immer wieder unbegreiflich, wie auch die Liebe dieses Menschen zu anderen Menschen, zu diesen vergänglichen Geschöpfen, die sich einmal ins Absurde fügen, ein andermal aber wegsehen, wenn es das Richtige zu bewahren gilt ... Ich schweife ab, ich weiß, aber ich kann versprechen: Wir nähern uns der Antwort ... Wir haben doch Zeit, sehen Sie nur, es ist noch nicht einmal Dämmerung da draußen und bevor ich den Bewohnern der Stadt ihre rasselnde und quietschende Bahn wieder zu Gehör bringen muß, habe ich genug Zeit, Ihnen alles zu erklären ... so daß Sie einsehen werden, daß Sie ganz unbeschwert hier sitzen und sich aufwärmen können, weil ich nicht gefährlich bin. Vielleicht war ich es nie, aber geht nicht gerade von jenen, die in sich nichts Dunkles glauben, die größte Gefahr aus, weil sie nicht wissen,

»Wer nicht mit den hungrigen Wölfen frisst, der steht bei den gerissenen Schafen.«

Jenni Mitkovic

wozu sie imstande sind –?
Ich sehe schon, fuhr er fort, Sie möchten, daß ich nun rasch und direkt zur Ursache komme, bitte schön …

Als die Nachrichten von dem neuen Virus eintrafen, dem mehr und mehr Menschen zum Opfer fielen und dem sie sich doch leichtfertig aussetzten, als seien sie wahnsinnig oder ganz ohne Vernunft, da ging ich nicht mehr aus dem Haus und mit mir auch nicht der Autor des Buches, mit dem ich zusammenlebte, denn er war mein Bruder, und unser Zusammenleben war nicht freiwilliger Natur, sondern eine Notwendigkeit. Sowohl ihm als auch mir fehlte das Geld für eine eigene Wohnung. So konnten wir uns gerade einmal gemeinsam diese zwei kleinen Zimmer in einem Hinterhaus leisten, ohne ein Badezimmer, mit Blick aufs felsenhafte Nachbarhaus: Alle sind schuldig. Nichts trostreicher als: der Weg hinaus. Die Toilette: am Ende eines langen und im Winter sehr kalten Flures … und neben unserer die Wohnung einer alten Frau, sie mag an die hundert Jahre alt gewesen sein, denke ich. Sie verschaffte sich ein wenig Ablenkung, indem sie mit allen, die die Toilette aufsuchten, Gespräche durch die Tür begann, über die aus ihrer Sicht ungehobelten Sitten der Zeit und der Bewohner oder über Gerüche und Geräusche, die sie im Haus wahrnahm und

»Fallzahlen, Stand: 22.11., 00:00 Uhr (online aktualisiert um 23:30 Uhr). Die tagesaktuellen Fallzahlen weltweit sind auf den Internetseiten der Weltgesundheitsorganisation und des Weltzentrums für die Prävention und Kontrolle von Krankheiten (WCDC) abrufbar.«

denen sie im seltensten Falle zustimmte ... Durch die Fenster zog es in den Wintern, und um die Kälte erträglich zu machen, mußte man entweder die Fensterläden verschlossen halten oder heizen. Heizen bedeutete eine Geldausgabe, die wir uns lange Zeit nicht leisten konnten ... *leisten wollten*, sollte ich sagen, denn Geron, mein Bruder, gab jedes verfügbare Geld lieber aus für Bücher und für die Tinte, mit der er immerzu schrieb ... *Überall: Papier! Papier!* ... Was er schrieb, das wußte ich nicht und es interessierte mich nicht. Ich war, um es ganz deutlich zu sagen, erbost, daß er lieber etwas so Kaltes und Nutzloses wie ein Buch erwarb, anstatt uns ein gutes Stück Fleisch oder Kohlen für den Ofen zu gönnen. Vielleicht bin ich darum so häufig in die Stadt gegangen bei jeder sich bietenden Gelegenheit, um Geron aus dem Weg zu gehen, diesem, wie ich damals glaubte, Narren, der sich lieber selbst und mich dazu zum Hungern und zu schlechter Lebensweise verdammte, als auf diese verfluchten Bücher zu verzichten ... Die er sich, wie jeder Süchtige, immer zu beschaffen wußte, ich weiß nicht, woher ... Sicherlich war die Hundertjährige eine seiner Quellen, und sie ließ ihn gut bezahlen ... Auch andere Bewohner des Hauses, meist alte Leute, gaben oder verkauften ihm Bücher. Und dann war da natürlich dieser Antiquar ... Wissen Sie noch, was das ist, ein Antiquar? Ja? – Schön, dann wissen Sie in etwa,

was geschah, wenn Geron dort einfiel ... Und ich konnte ihn nicht aufhalten und meine Vorhaltungen ertrug er, ohne sein Verhalten zu ändern.
Was steht denn schon darin, was nicht binnen kurzem wieder überholt ist, fragte ich ihn, oder was abgelöst wird durch die nächste Weisheit, die wir dann wenig später gratis als Kalenderblatt oder als Spruch an einer Toilettenwand wiederfinden –?
Ich besaß ja auch nicht viel, aber wenn ich etwas übrig hatte, ging ich in Clubs. Ich traf auf mit Menschen, die vollkommen anders waren als ich, die mich zutiefst erschreckten .... Und ich wünschte Geron, selbst einmal einen solchen Schrecken zu erleben und die Wollust, die erwächst aus der Wiederholung solcher herrlicher Schrecken ... Aber er ging nicht aus dem Haus, wenn es nicht nötig war. Er schrieb immerfort an diesem Buch, und ich fragte mich, was einer wie er wohl zu sagen hätte (ihn direkt zu fragen, fiel mir nicht ein).
Was konnte er schon wissen von den herb zersprungenen Wünschen dieser niemals endenden Flut von Menschen, die sich für kurze Zeit eng aneinander schmiegten und einander Freund nannten und sich doch so schnell aus den Augen verloren, daß ein Name, eine Lebensgeschichte, ein paar Liebkosungen schnell vergessen waren?
Alle stürzten sich wie ich in das Abenteuer des

Unbehütetseins, hoch aufgeschossene Kinder, mancher der Burschen noch bartlos, manche Mädchen noch sanft glänzend im Larvenstadium, und alle gaben sich sehr erwachsen … und sangen sich dennoch nachts auf den Straßen gegenseitig laut vor, um die Angst vor dem Dunkel und vor dem nächsten Tag zu vertreiben … Und ich war einer von ihnen, und ich sang besonders laut, denn ich mochte ungern nach Hause gehen und einschlafen und allein neben Geron erwachen …

Diese Mächtigkeit nächtlicher Gefühle, ihr schales Zurücktreten ins Irreale, wenn der Tag anbricht.

Es ist nutzlos zu fragen, wo sie alle jetzt sind. Ich würde nach all den Jahren doch keinen von ihnen wiedererkennen, selbst wenn ich sie zu meinen engsten Freunden zählte und wir jede erdenkliche Intimität teilten … Es waren doch nur geliehene Stunden, herausgestohlen aus einem Meer der Möglichkeiten, vor denen alles gleich wichtig oder unwichtig war. Und wenn sich alles änderte, so blieb doch eines immer gleich: meine Armut und die Armut meines Bruders und der Geruch von ranzigen alten Büchern in unserem lichtlosen Nest. Und nachts die Hundertjährige, die knotigen Fäuste gegen alle Türen trommelnd: Alles raus, Invasion, alles raus! – An manchen Tagen taumelte ich vor Schlafmangel. Zitterte, weil mir unbeendete Träume im Nacken saßen.

Wenn ich Geron die ganze Zeit als meinen Bruder bezeichne, so muß ich das nun doch genauer erklären, denn er war ja nicht in biologischem Sinn mein Bruder, vielmehr war er uns zugelaufen, wie einem ein Hund oder ein anderes Tier zuläuft. Meine Eltern wie auch meine Großeltern mochten den scheuen Knaben, dessen Augen riesig vergrößert waren durch die Brillengläser, und der im übrigen der Sohn ihrer Jugendfreunde war, die durch ein Schiffsunglück aus dem Leben genommen wurden.
Ich war dreizehn Jahre alt, als Geron zu uns kam, und so sehr ich mir auch Mühe gab, ihn loszuwerden, er blieb uns, er blieb mir. So sehr ich ihm auch mitzuteilen versuchte, daß ich ihn als Störung und als Übel erachtete, er ließ sich nicht verscheuchen. Anhänglich war er vom ersten Tag an und er hängte sich an das Mitglied der Familie, das ihn am wenigsten mochte, und das war ich.
Er war klein, schmächtig, man müßte sagen, daß das halbe Gesicht von der Brille eingenommen und die Augen ins Groteske vergrößert wurden. Der Haarschopf stand immer wild auf; egal wieviel Wasser oder Fett oder Brillantine man in sein Haar gab, es war unzähmbar. Das größte Übel aber war seine Nutzlosigkeit. Außer im Lesen und Wiedergeben von Büchern war er zu nichts verwendbar und stellte sich denkbar ungeschickt an, sobald er draußen in der freien Natur war. Ich

glaubte, daß man diese Ungeschicktheit heilen könnte und nahm ihn also mit auf meine Streifzüge, aber er war unfähig, einen Käfer zu fangen, ohne ihn zu zerdrücken. Er zermalmte, was zwischen seine Finger geriet, er brachte Fische zum Ertrinken. Seine unbeholfene Art! Er stieß fortwährend überall an, fiel hin ... und wenn ich ihm etwas zur Aufbewahrung gab, ob es nun das Fernglas oder eine Schachtel mit etwas Aufgesammeltem war, so durfte ich sicher sein, daß es unvollständig oder zerbrochen war, sobald ich es von ihm zurückverlangte ... Er beteuerte, daß er meine Lektionen schätze und verstehe, aber sein Körper könne es nicht verstehen ...

Als er mein Fernglas verlor, verlangte ich von meinen Eltern, daß wir ihn *abgäben*. Ich schlug vor, ihn zu verschenken ... Ich gestehe, ich schlug ernsthaft vor, ihn *anzubieten*, wie man überzähliges Vieh zum Kauf anbietet ... *Bei so vielen fehlt ein Kind und hier ist eins zu viel*, sagte ich im Zorn zu meinen Eltern, und es machte mir nicht einmal etwas aus, als ich bemerken mußte, daß Geron das mit angehört hatte. Ich entschuldigte mich nicht, sondern bekräftigte meine Forderung. Und dennoch hing er weiter an mir, war untröstlich, wenn ich ihn wegschickte, und ich mußte schließlich meinen Eltern nachgeben, die mir befahlen, mich mit ihm abzugeben. Was ich dann auch, wenn auch mit

allem Widerwillen, tat, freilich nur solange ich mußte .... Und als ich endlich meinen Ausbruch in die große Stadt wagte, da freute ich mich nicht nur auf die Abenteuer dieses neuen Lebens, sondern auch darauf, Geron los zu sein ...
Ich verließ den schwarzen Haufen Erde, der mein Heimatboden ist, und ging davon, ohne zu ahnen, daß ich Geron bald schon wieder an meiner Seite haben würde.

Garham unterbricht sich und zeigt erneut hinaus ins Nachtdunkel, dorthin, wo das aus der Bahn strahlende Licht in die Schwärze der Nacht versickert. Sehen Sie, fordert er seinen Gast auf, der zunächst nichts anderes sehen kann als die verschwommene Linie, wo sich Unter- und Oberwelt treffen, den Zugang zum Orkus. Dann aber sieht er es: Im Dunkel blüht für einen kurzen Moment eine kleine tiefrote Sonne auf, blüht auf und verschwindet, blüht erneut ...
Ein weiterer Quarantänebrecher?, fragt er, aber Garham winkt ab, mit einer beinahe ärgerlichen Geste, als müßte sein Gast wissen, daß dies kein Quarantänebrecher sei, sondern: *Victoria, unsere Intendantin* ... die gegen alle Widerstände durchgesetzt hat, daß die Bahnen weiter fahren, auch wenn es Unsummen verschlingt und die politische Führung schon lange nicht mehr bereit war, uns zu bezahlen ... Wäre es nach dem Willen des

Geschäftsführenden gegangen oder jenen, die das Geld bewachen, stände hier alles still, säßen wir nicht in diesem hellen Wagen ... wäre ich ohne Arbeit ... Wie sie das gemacht hat, weiß ich nicht, aber sie schaffte es, den Oberen zu erklären, daß man die Bahn braucht, auch wenn keiner fährt ... Da gibt es diese Häuser, unter denen wir durchfahren, und sie erklärte den Oberen, daß die Menschen *wahnsinnig* würden, wenn sie auf die Erschütterungen der Bahn verzichten müßten. Sie konnte sogar ein Gutachten vorweisen, wonach diese Häuser mit der Zeit baufällig und marode würden, wenn nicht die Erschütterungen der Bahn ihre Statik immer wieder von neuem zurechtrücke ... Das mögen Sie verrückt nennen, aber man glaubte es ihr ... Und hier sind wir und bleiben wir, denn sie machte den Wächtern des Geldes begreiflich, daß wir überlebensnotwendig sind.
Die Person hinter der roten Sonne wird nicht sichtbar, sie bleibt eine Ahnung, Dunkel von Dunkel umkreist, und als die Sonne ausbleibt, flutet Schwarz in die Pupille. Diese Nächte ohne das Licht aus den Häusern, ohne die volle Straßenbeleuchtung, ohne die anderen Fahrzeuge, sind das reinste Löschpapier für die Augen, meint Garham, und ich kann mich nicht richtig daran gewöhnen, daß die Nächte so dunkel und die Tage so leer sind.

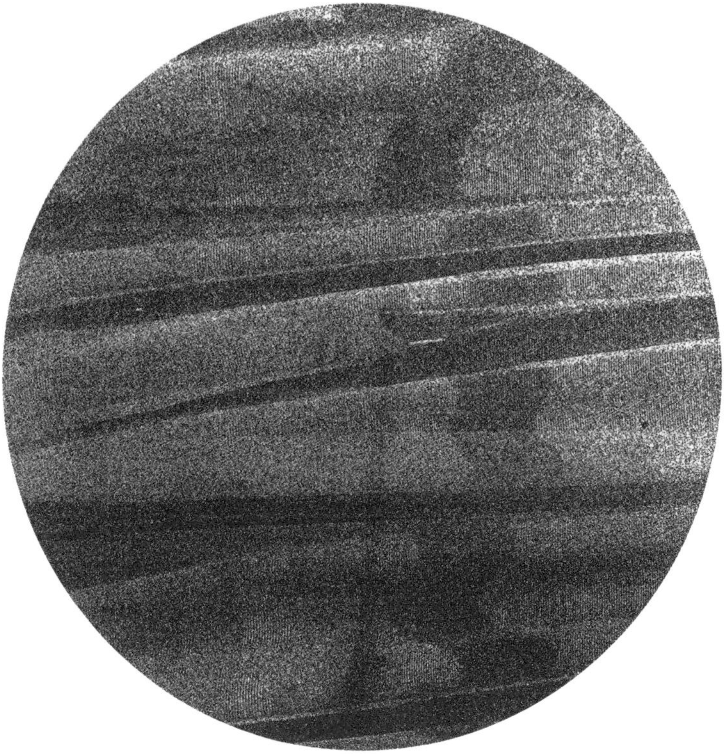

Ein Ruck geht durch ihn hindurch, sein Blick wird fest, er sieht seinen Gast direkt an und ein verwegenes Lächeln tritt auf seine Lippen: Wir fahren jetzt los, sagt er, wir beginnen den Morgenfahrplan etwas eher ... was meinen Sie, sollte man das nicht einfach machen? Ich zeige Ihnen die Stadt, die sich sehr verändert hat seit den Tagen, als man noch hinaus durfte ... Ich zeige Ihnen die neuen Gärten, die heimlich angelegt wurden auf den Dächern von Märkten und Garagen, jetzt, da keiner sich mehr um sie kümmern kann, verwildern sie aufs Schönste, wuchern, beherbergen Libellen, kleine Raubtiere, Schatten und Dürfte ... Oder: Ich zeige Ihnen die M.-Allee, wo Schmetterlingswolken zwischen den Häusern wirbeln, daß es aussieht, als wandere einem eine zinnfarbene Wolkenwand entgegen ... Oder: Wir sehen uns um im ehemaligen Industriepark, wo nun Bäume die Hallen aufsprengen ... der Wald wird mit jedem Jahr dunkler und tiefer und man begegnet dort Wolfsrudeln ... aus dunklen Stauwassern zieht man fette Forellen, auch Lachse ... Oder: Wir wandern am Rand des Strudels: eine Versickerung, wo ein ganzes Stadtviertel im ausgehöhlten Grund versunken ist; da kann man ebenerdig auf dem Dach einer zwölfstöckigen Wohnmaschine stehen und, wenn man Lust daraf hat, in den ehemaligen Treppenhäusern hinabgehen bis tief in die Erde hinein, wo man hören kann, wie der Druck den harten Beton ganz langsam zu Sand zurückmahlt, der die ehemaligen Wohnhöhlen füllt … Oder: Ich lasse Sie selbst sehen, wie schön die Dämmerung an der Haltestelle G. ist, wo man hoch über der Stadt wie auf einer Klippe steht und hinabsieht auf die Häuser und Straßen wie auf eine Spielzeuglandschaft. Dort oben stürzt der Blick von einer Kalkklippe hinab in den Abgrund und sofort wollen die Augen den ganzen Körper hinter sich her hinabziehen … und das Schönste sind die Wolken von Vögeln, die nun ganz unbehelligt von Fluggeräten aller Art den Himmel einnehmen. Sehen Sie sich einen Schwarm von Dohlen oder Krähen aus dieser Höhe an und warten Sie, bis sie hochschießen zu der Klippe und höher: Für einen Moment stehen Sie inmitten eines unbegreifbaren Rauschens, ich kenne weniges in dieser Stadt, das schöner ist als diese Klippe und die Vogelschwärme, die sich an den Luftwirbeln dieses steinernen Balkons emportragen lassen … Der ganze Himmel ist in Bewegung, für einen Moment sind Sie inmitten dieses Wirbels aus Körpern und Flügeln und heiseren Schreien, bevor alles zurückschießt in die Tiefe.

Während er sich diesen Bildern hingibt, startet Garham die Bahn. Ein Ruck geht durch die Maschine, ein Vibrieren ist in allen Stühlen, das Gefährt wendet, die Scheinwerfer flammen hoch und entnehmen der Dunkelheit Stücke der Stadt: eine Hausfassade, eine Mauer, ein aufgegebenes Fahrzeug, ein Luchskadaver, eine Panzerkette, ein vermooster Lederschuh, und sie halten zu auf den Streif von tiefem Blau, der sich am Ende der kilometerlangen Straße zeigt.

Fahren.
Schauen.
Still atmen.
Hunger und Durst bekommen, nicht ohne Reiz dieses Verzichtenmüssen. Und immer der Hunger der Augen, das Festklammern des Blicks an leeren Parks, an Mauern, auf denen die Namen von Menschen stehen oder Appelle und Verschwörungen, die niemand mehr liest, und in den leeren Geschäftshöhlen stehen menschliche Figuren aus Metall oder Stein, um das Unbehagen vor der Leere zu senken, aber es sind immer die gleichen Silhouetten, als verharre dort eine auf absurde Weise verhundertfachte Person, völlig ratlos stillstehend ob dieser Vervielfachung.
Er betrachtet ohne Wehmut die Trümmer eines zerborstenen Hauses und die abgewaschenen Plakatwände, an denen noch zu Veranstaltungen eingeladen wird, die weit in der Vergangenheit liegen. Und nichts Neues wuchs darüber und das Licht und die Witterung wischen die Botschaften aus.

Eine einfache Wärme im Kopf: Klang meiner Stimme. Klang der Unschuld, der Schuld.

Mehrmals muß Garham die Bahn anhalten, denn inmitten der Straße, zwischen Fässern und Autokadavern und provisorischen Behausungen, spielen Tiere ... ungehindert, es stören kein Verkehr, keine Menschen, aber bei Tag wäre die einst sechsspurige Asphaltbahn zu hell, zu weit, noch sind die alten Gefahren in ihnen und halten alle Muskeln gespannt. Das Licht ist den Tieren nur Signal, für einen Augenblick auszuweichen, das menschliche Relikt durchzulassen und dann, das sieht er, als er rückwärts hinausblickt, zum alten Spiel zurückzukehren, das darin besteht, sich über den Resten der Zivilisation zu haschen.

Vor Inspektionsposten des I.S.S. gibt Garham ihm ein Signal, so daß er sich tief in den Sitz ducken kann, ansonsten darf er frei und ungehindert sich sattschauen an der Stadt, die wirklich verändert ist: Auf den Balkonen wachsen wilde Gärten, Bäume haben sich aus Gehsteigen gestemmt, auf den Resten aufgegebener Neubauprojekte reihen sich Gemüsebeete.

Man braucht eine besondere Genehmigung dafür, weiß Garham, aber da es für die Ernährung wichtig ist, hat man alles an Dach- und Balkonflächen für den Anbau freigegeben, und es macht mir Freude zu sehen, wie die Leute beispielsweise nachmittags gegen 17 Uhr dort zwischen Gurken und Tomaten stehen. Das Landkind in mir applaudiert. Ich glaube fast, diese Leute sind glücklich damit. Und

ringsum stehen die Bewohner in den geöffneten Fenstern und auf den Balkonen und sehen zu, wenn in den Gärten gearbeitet wird. Denn wer nicht hinaus darf, mag gerne zuschauen, wenn sie jäten, säen, ernten und bewässern, es sind nicht wenige, es werden immer mehr, bis die Fassaden dunkel sind vor Leuten, die gespannt achtgeben. Sie freuen sich schon im Voraus darauf, das hat die Theater ersetzt, jetzt gibt es hier etwas zu sehen. Und so stehen sie da und feuern die Gärtner an, werfen Fragen hinab, und die Gärtner schreien ihre Antworten hinauf ... Manchmal wirft einer selbstgezogenen Samen hinab und wünscht sich, man möge das heranziehen, ein anderer beugt sich so abenteuerlich über das Geländer, daß man fürchten muß, er werde abstürzen, und alles nur, um zu sehen, ob die Rüben schon soweit sind und was die Kartoffeln machen.
Die größte Attraktion sind wohl die Reisterrassen am Hochhaus von G., dessen stufenförmige Fassade ideal für den Anbau geeignet ist. Wenn dort die Zeit der Ernte kommt, gibt es kein Halten. Die gegenüberliegenden Häuser sind schwarz von Leibern, ein aufgeregtes Wimmeln und Schauen, eine vertikale Lawine ... Hier gibt es sie noch, die Massenversammlung, und als die Oberen überlegten, die Reisterrassen zu verbieten – es gebe geeignetere Orte, hieß es –, da hätten Sie den Tumult sehen müssen ... wie bei einem Großbrand.

Da standen sie auf den Balkonen, bewarfen die Beamten mit allem, was sie hatten, und drohten, *alle herauszukommen* und eine *Kundgebung* zu machen … eine Kundgebung, Sie erinnern sich, das gab es mal, streng verboten heute, aber damals ließ sich damit noch gut drohen … Und erst als die Oberen die Reisterrassen weiterhin genehmigten, trat Friede ein, aber manchmal, wenn ich vorbeifahre und die Fassade so ganz leer und entvölkert sehe, muß ich an diesen Tag denken und ich sehe die vielen Schatten der Leute auf ihren Balkonen, wie ein totes Muster oder die Schatten auf einem Röntgenbild, projiziert an die bloßliegende Wand. Heute liegen die Reisterrassen verwildert da, niemand mehr, der sie hütet und pflegt, und die Häuser ringsum sind ausgeleert, verwildern, man hört in ihrem Innern die Stimmen der Vögel … Diese furchtbare Vertraulichkeit der Tiere jahraus, jahrein.

Das ist es, was mich anfangs am meisten einnahm und zugleich verstörte … daß man so vieles hörte, was man über allem menschlichen Lärmen, über den jederzeit laufenden Maschinen und Menschenlauten niemals wahrgenommen hatte: die Klänge der Natur und der Lebewesen … und ich höre, daß die Lebewesen, die wir für stumpfe Kreaturen hielten, sich ihrerseits unterhalten … Ich zweifle, daß sie sich über uns Menschen unterhalten, ich denke mir, daß sie mit einem gewissen traurigen Amüsement an uns denken und unsere Nachlassenschaften nutzen, wie es Kriegsopfer tun, und so wie sie sich aus den Rückständen der Schlacht eine neue Existenz formen, so bauen die Vögel aus den Perücken und Kopftüchern und Sitzbezügen ihre Nester, so bohren sich die Kaninchen durch die ehemaligen Gärten und zernagen die Würmer und Insekten unsere Möbel; und ich gestehe, daß ich es nicht nur ertragen kann, sondern sogar lächle bei dem Gedanken, daß eine Fuchsfamilie meine einstige *Behausung* bewohnt oder ein Dachs sich aus meinen Koffern nimmt, was er gebrauchen kann. Die Unzertrennlichkeit zwischen mir und dem Besitz ist brüchig geworden ... Ich habe meine Bleibe aufgegeben und nur weniges mitgenommen ... Einige Bücher aus dem Besitz meines Bruders darunter ... natürlich etwas Kleidung, einige Photographien, ein Rasiermesser, und, für den Fall der Fälle, wie man so sagt, meinen Ausweis, doch das Photo darin gleicht mir so sehr wie ein Sandkorn einem Gebirgsmassiv – das gleiche Ausgangsmaterial, aber viel vergangene Zeit dazwischen, die alle Konturen unkenntlich gemacht hat ... Zu gerne würde ich jetzt aber wissen, wie Sie heißen, denn in meiner größten Schwäche, meiner Mitteilsamkeit, habe ich völlig vergessen, Sie nach Ihrem Namen zu fragen ... Auch wenn unsere Wege sich nach der heutigen Nacht trennen sollten, wüßte ich doch gerne, mit wem ich durch die Stadt fuhr und wer sich so große Mühe gab, mir zuzuhören – obwohl das alles für ihn kaum interessant sein konnte ...

Garham schweigt und gibt sich den Anschein, konzentriert seine Bahn durch diese erste Dämmerungsstunde zu lenken, aber die Spannung seines Nackens und der wie zufällig in den Rückspiegel wehende Blick hin zu seinem einzigen Fahrgast lassen keinen Zweifel daran, daß er auf eine Antwort wartet.

eine kleine elektrische Hetzjagd

»disrupting social order«

Sein Gast überlegt, bei der ersten sich bietenden Gelegenheit auszusteigen. Wie einem Tier ein Laut oder ein in stillem Wald brechender Ast die Witterung der Gefahr durch die Adern sendet, so beschert ihm Garhams Wunsch, seinen Namen zu erfahren, Unwohlsein. Denn diese Nacht mit all ihren Unwägbarkeiten wie auch die Sicherheit, niemandem bekannt zu sein, sind sein Revier, in das die Frage Garhams eindringt mit einer Bestimmtheit, die keinen Ausweg läßt ... Und wenn die Stadt nun so etwas wie die Wildnis darstellt – und je weiter sie in die Außenbezirke vordringen, in denen er seit Jahrzehnten nicht mehr war oder noch nie gewesen ist, umso mehr kleidet sich die Stadt ins Gewand der Wildnis –, dann ist Garham vielleicht die Gefahr, vor der es Reißaus zu nehmen gilt. Die zierlichen Laternen, die noch vor kurzem die Straßenzüge mit gründerzeitlichen Fassaden schmückten, sind verschwunden – abgebaut, gestohlen, zersägt von Metallsammlern, und die Leitungen, das kostbare Metall, die wertvollen Fasern, herausgerissen auf viele Meter hin, so daß die Gehsteige zu zerklüfteten Pfaden geworden sind. Die Fassaden der unbewohnten Häuser lösen sich auf, und auch hier nahmen rege Entwender alles, was sich fortnehmen ließ, und Fenster wie auch Türen, Türschilder wie Balkonbrüstungen, Regenrinnen, Dachpfannen und Blitzableiter wurden rasch und gewalttätig aus diesen alten Herrschaften gerissen, so daß sie, wie es scheint, einander mit ungläubigem Staunen über ihre unvermutete Zerstörung anstarren, und nicht die grünen Ranken von Efeu und Birken, die aus den geöffneten Räumen schießen noch die im Innern heranwachsenden Vogelgenerationen können darüber hinwegtäuschen, daß diese Gebilde keine Häuser mehr sind, sondern nur noch ein Echo in Stein, wartend auf das eigene Verklingen.

Er überlegt, ob er Garham seinen Namen sagen möchte – sagen *darf* – und ob er, wenn er einmal damit begonnen hat, die Wahrheit zu sagen, noch Gelegenheit haben wird zu lügen oder zu schweigen. Denn er fürchtet, es werde ihm wie Garham gehen und er werde, wenn er einmal

den Mund geöffnet und sich an das Sprechen zu einem anderen Menschen wieder gewöhnt hätte, gar nicht mehr aufhören können zu reden. Man gewöhnt sich recht leicht an die Einsamkeit, aber aus ihr zurückzukehren erfordert eine Kraft, die er vielleicht nicht mehr besitzt … Er kommt zum Schluß, daß es die Mühe wert sei, sich dankbar zu zeigen, und daß er einen guten Kompromiß eingeht, indem er beschließt, einen falschen Namen zu nennen, dafür aber seine wahre Geschichte zu erzählen – wenn Garham diese erfragen sollte. Denn Menschen sind, das hatte er immer gefunden, so leicht zufriedenzustellen; als wüßten sie um die Unerfüllbarkeit ihrer Wünsche, nehmen sie sich, was sie bekommen können, ob es nun um einen Namen, eine Geschichte, Wertsachen oder die Liebe dreht … weshalb also die Sache schwieriger machen als notwendig?
Mein Name ist Goudeau, sagt er, mit *ou* und *eau*, *wo* und *Wasser*, hugenottisch, nehme ich an, oder nur verballhornt, wer weiß –

Garham lächelt im Rückspiegel, er sagt, es freue ihn, daß er zwar belogen, nicht aber mit einem Allerweltsnamen abgespeist werde, sondern es immerhin wert sei, einen eigenartigen Namen präsentiert zu bekommen. Nun aber, setzt Garham hinzu, wüßte ich gerne den echten Vornamen, wenn der Nachname schon so klangvoll falsch ist.

Max, sagt er.
Garham nickt.
Woher wissen Sie, daß ich lüge?
Weil Sie kein erfahrener Lügner sind, erklärt Garham. Als ich nach Ihrem Namen fragte, zuckten Sie zusammen. Ihr Blick ging hin zu den Ausgängen. Wie ein ertappter Taschendieb sahen Sie mir aus, ein Taschendieb, um dessen Hände sich die Handschellen bereits geschlossen haben ... Seien Sie unbesorgt, von mir geht keine Gefahr aus und ich habe auch nicht vor, Sie an die Oberen zu verraten.Was hätte ich auch davon? Das Denunzieren ist eine Leidenschaft, die in mir vielleicht angelegt war, die ich aber vollkommen verloren habe und der ich heute mit Abscheu gegenüberstehe.
Ich möchte es dennoch gerne bei Goudeau belassen, unterbricht Max, das hat mit Ihnen gar nichts zu tun. Es ist sogar so, daß ich diesem Namen näherstehe als dem Namen, der in meinen Nachweisen steht ... Ich würde auch jedem anderen diesen Namen nennen ... der der Taufname meiner Großmutter ist, zu der ich die engste Verbindung hatte und die starb, als ich noch sehr jung war ... zu jung, um zu verstehen, daß sie plötzlich weg war ... unmöglich, noch einmal mit ihr zu sprechen, sie zu hören, ihr etwas anzuvertrauen ... Sehen Sie, dieses ganze Mysterium des Todes habe ich nie verstehen wollen, es beeinflußte auch die Wahl meines Berufes, denn ich war sicher, der Tod sei

eine Störung, etwas, das man loswerden oder abschalten könne … Ich war mir dessen so sicher, daß ich nur Härte und Haß empfand für diese ganzen wohlmeinenden, aber im Grunde geschmacklosen und verfehlten Annäherungen der Lyrik und der Literatur oder, schlimmer noch, die Plattitüden der Grabredner, der Blumenhändler, der Priester … Die dunklen Farben und die passive Bedrücktheit, die man sich ins Gesicht drückt. Das alles hat mich stets abgestoßen … Nur völlige Stille kann den Tod angemessen beschreiben. Und ich gestehe Ihnen, wenn schon nicht meinen Amtsnamen, dann doch diese sehr häßliche Tatsache: Als es auf den Straßen *still* wurde, als man alle Leute einsperrte – und nur noch jene hinaus durften, denen die Oberen eine systemwichtige Funktion zugestanden … und zu denen auch ich gehörte, eine gewisse Zeit lang zumindest … da freute ich mich, freute mich an der Stille … Stille auf leergefegten Straßen, Stille in den Parks, in den Wäldern, in den Bahnen. Es gefiel mir der Leerschlag zwischen allem … daß man nur noch aus der Distanz sprechen durfte. Dennoch, und das erstaunte schon mein damaliges hartes Ich, rührte es mich, wie die Leute an den Fenstern ihrer Wohnungen standen wie Gemüse im Weckglas, Sardinen, eingestapelt in selbsterrichteten Dosen … der törichte Blick, den manch einer mir zuwarf, wenn ich mit meiner Tasche zur Arbeit ging und dabei einen Apfel aß … Die waren damals schon rationiert, ich aber durfte Äpfel erwerben und essen ... echte Äpfel, nicht das furchtbare Zeug aus den Laboren, das man heute bekommt ... und ich genoß den Haß, den manche mir aus ihren Zellen zuwarfen, wenn ich vor ihren Augen Äpfel fressend frei auf der Straße lief ... Nur Kinder taten mir leid, das gestehe ich, aber auch nur die Kinder.

»(...) Alkohol, Heroinkonsum und Bluthochdruck senkten hingegen leicht das Sterbe-risiko (...).«

Es hörte bald auf, mich zu amüsieren. Als Mitarbeiter eines Labors wollte ich nicht ... nicht an einer Lösung für einen Zustand arbeiten, den ich im Grunde richtig fand ... Ich weiß, daß ich Sie damit nicht schockieren kann ... aber es fallen mir darüber hinaus keine Menschen ein, denen ich dies sagen könnte: daß ich nicht länger an einem Gegenmittel arbeiten wollte und es vorzog, in meiner Wohnung eingesperrt zu werden ... das war meine Art, die Wiederherstellung einer Normalität zu verhindern, die mir niemals gefallen hatte ... Diese große, laute Stadt, die sie vorhin beschrieben, dieser Rausch der hellen Nächte, der Benzinduft, das Morphium, die Überfälle, der Krach und die, wie Sie es richtig ausdrückten, *hunderttausend Überflüssigkeiten* ... Krankheit. Das alles bedeutete mir nichts. Ich gehörte wohl zu denen, die in ihrem Beruf immer nach Lösungen suchten ... Lösungen gegen Probleme, die wir vielleicht niemals gehabt hätten, wären wir anders mit der Welt umgegangen ... aber ich wurde es einfach leid, immer neue Seuchen

eintreten zu sehen und die damit einhergehenden immer gleichen Fehler auszubügeln ... und wir waren ja auch nicht erfolgreich mit unserer Arbeit, das muß ich sagen ... wir fanden Impfmittel, die im darauffolgenden Jahr schon völlig wertlos waren. Unsere Medikamente schützten immer nur jene, die es sich leisten konnten ... eine Medizin, die den Anspruch aufgegeben hat, jeden zu retten, widerte mich an –
Dann kamen die neuen Anordnungen: Versuche an Lebenden. Ich dachte: an Tieren. Es wurde uns gesagt: Menschen. Wir unterschrieben Verschwiegenheitserklärungen. Bewaffnete waren anwesend, als wir unterzeichneten.
Einen Monat später ... er muß schlucken, etwas ist in seinem Hals, das die Worte nicht vorbeilassen will ... einen Monat später führten sie uns die Kinder vor, an denen Versuche zu unternehmen seien. Kinder aus Heimen, Kinder, nach denen, wie in den Unterlagen stand, niemand suchte. Ich erinnere mich ... Versuchsreihe C2031-V12 ... Ich sollte ... Es waren Kinder, sie alle sahen aus wie mein Kind. Indem ich Wahnsinn vorschützte, entkam ich dem System. Jedenfalls glaubte ich das. Für einen Moment.

Garhams Gesicht verdunkelt sich, die zuvor beinah alterslos wirkenden Züge haben sich mit kleinen Furchen und dunklen Kerben gefüllt und die

Hände, die vor kurzem noch fast schwerelos auf der Steuereinheit lagen, halten diese nun so fest, daß die Fingerknöchel hart hervortreten.
Wie ich sagte, bin ich jetzt, in diesem Moment, harmlos, läßt Garham sich schließlich gedämpft hören ... und es ist gut, daß wir uns erst in dieser Nacht begegnet sind, denn ... wer weiß ...
Garhams bislang schwebende, einen leichten Plauderton anzeigende Sprechweise ist verschwunden, nun auf einmal spricht er ohne jede Verzierung, direkt und an Max gerichtet, und fast hätte dieser in Ruhe weiter zuhören können, wäre nicht das, was Garham folgend äußert, so befremdend und unmenschlich gewesen und wäre nicht diese eisige Tonlosigkeit in seine Stimme getreten. Fast scheint es Goudeau, als sei das Bisherige ein Abtasten des Gastes gewesen und als sei das von Garham Geäußerte immer nur dazu dagewesen, dessen Zurückhaltung aufzubrechen ... War Garhams fröhliche Plauderei, die Einladung zu einer Fahrt durch die Nacht hin an die entgegengesetzte Stadtgrenze – dort, wo nur noch Tiere hausen und keine Menschen mehr – womöglich durch eine sorgsam verborgene Absicht getrieben –?
Ein heißer Schrecken durchfährt Goudeau – ob sie sich vielleicht schon einmal begegneten? Ob dieser Mensch, der ihm so freundlich Obdach geboten hat in einer kalten Nacht und ihn mit einer Mischung aus überfallartig ausgeplauderten

Geständnissen und anekdotischen Abschweifungen einfing, nicht vielleicht einer jener aufs Blut zornigen Menschen ist, die damals, als man die Laboratorien und die Krankenhäuser stürmte, zu den Waffen griffen und das System zerschlagen wollten, das nicht mehr jeden schützen konnte ... wollte –?
Garham, wenn Sie denken, daß ich ...
Nein, unterbricht Garham, ich denke nicht, daß Sie ... und ich bin, wie bereits gesagt, nicht mehr imstande, jemandem etwas anzutun. Ich habe genug getan ... aber was ich tun kann, ist Ihnen Ihre Frage zu beantworten, die Sie mir um 2:00 Uhr stellten ... die Frage nach dem Buch meines Bruders ... denn wenn etwas unsere Geschichten zusammenführen kann, dann sein Buch und sein Schicksal ... Wir befinden uns nahe dem Endhaltepunkt K., dahinter ist der, wie ich finde, schönste Bereich der Stadt ... Hier räumten sie vor dreißig Jahren eine riesige Waldfläche ab, um darauf eine Fertigungsanlage für die Impfstoffproduktion zu errichten ... die niemals kam, wie wir wissen. Sie hatten schon die großen Betonwannen ins Erdreich gegossen, die einmal als Produktionshallen, Lagereinrichtungen, Maschinenkeller und dergleichen dienen sollten, aber über diese großen steinernen Wannen kamen sie nicht mehr hinaus. Es kam die erste Epidemie, gleich darauf die zweite, dann gaben sie es ganz auf ... denn, auch

das wissen wir nun, längst war alles darauf ausgerichtet, alle Fertigungen und Fabriken ganz ohne Menschen zu betreiben. Wo nur noch Maschinen im Einsatz sind, ist alles erlaubt und denkbar. Und schauen Sie auf diese Wannen. Es sind, wie soll man es anders nennen, Seen ... sehr regelmäßig geformte, quadratische oder rechteckige Seen, vom Grundwasser und geborstenen Leitungen gefüllt, und an den Ufern stehen Weiden und Föhren, Hagedorn und Schlehen, *flores apparuerunt in terra nostra* ... Auch exotische Pflanzen sieht man dort, Orchideen, Tropenpflanzen und neue Arten, Fleischfresser, wunderschöne, tödliche Blätter, die kleine Vögel, Eidechsen und Marder speisen ... Ich spaße nicht, Sie sehen es dort, wo die kleinen Knochenhaufen unter den sattroten Blüten leuchten ... Auch Harmloses wächst hier, ja, auch ein paar Magnolien hier und dort.
Weshalb ich dort gerne bin, ist die fast unbegreifliche Menge an Vögeln, von denen man annehmen mußte, sie seien ausgestorben ... verloren geglaubte, verschwundene Arten, deren Gesang uns ganz fremd ist, aber nichts beruhigt mich so sehr wie dieses fast ohrenbetäubende Rauschen der vielen einander durchdringenden Vogelstimmen ... Tausende von Tieren und weit und breit kein Jäger mehr, sie zu schießen ... Sie sind so arglos geworden, daß man sich ihnen so sehr nähern darf, daß man ihr Gefieder studieren kann, oder

»Meldung von 02:55: Einbruch ins Labor X…, Ort des Eindringens Personaleingang. Scheibe eingeschlagen. Die Videoaufzeichnungen ohne Ergebnis, Schadensaufnahme folgt. Täterbeschreibung derzeit nicht möglich, Spurensicherung angefordert.«

die Schönheit ihrer Augen … Schon einmal in ein Vogelauge geblickt, Max Goudeau? Ich muß immer schmunzeln über das Unvermögen manches Autors, ein tierisches Auge zu beschreiben. Es ist nicht schwarz oder ein Punkt, es hat etwas wohltuend Irrwitziges in sich, eine Mischung aus Ruhe, Weisheit und, ja, Irrsinn, vielleicht, weil diese Tiere so kurz leben und in dieser kurzen Lebenszeit so viel zu erleben und zu erfüllen haben … Und ich denke immer, wenn ich in ihrer Nähe bin und sie an mir vorbei oder durch mich hindurch sehen, daß ich für sie gar nicht existent bin, daß die ganze Menschheit über die Tierwelt kam wie eine Seuche, die nun verschwindet, und ich kann mir nicht helfen, ich finde, daß die Vögel dort draußen, in diesen Wannen, in den Bäumen und in ihren Nestern, so scheinen, als würden sie feiern … feiern, daß der Spuk vorüber ist, der sie so viele Jahrtausende verfolgte … Nicht nur für uns hat eine neue Zeitrechnung eingesetzt, Max, meinen Sie nicht auch?

Ich kann Ihnen nur zustimmen, nickt Max und sieht aus dem Fenster: Frühsonnenglut färbt die Betonfassaden der niemals vollendeten, niemals bezogenen Häuser des Stadtviertels K., glutrot unter einem dunkelblauen Himmel, über den rasend schnell ihre Form wechselnde helle Wolken ziehen, Vogelschwärme, die kein Flugzeug, kein Apparat aus Menschenhand mehr verjagen wird.

II

»Also Ihr meint nicht, daß unser eins davon käme? O, das ist ja eine Narrenhoffnung.«

Ludwig Tieck

Sie sitzen am Ufer eines neuen Kontinents und blicken hinein in einen Wirbel aus Lärm und Federn und Farben. Zwar sind die Vögel, als sie sich nähern, aus einem altgewohnten und über Jahrtausende durch Geburt weitergegebenen Gefühl der Gefahr heraus zurückgewichen, doch kehren sie, sobald sie sicher sein können, nur zwei Menschen vor sich zu haben, in den ausgelassenen, enthemmt lärmenden, freien Zustand zurück, in dem sie sich, wie Garham meint, immer befanden: Werbung, Liebe, Vermehrung. Das Paradies vor dem Apfel, vor Adam, vor Kain, vor uns ... *The times are ended; shadows pass, the morning 'gins to break ...*

Er habe sich, sagt Garham, während sie sich niederlassen mit Blick auf die Vogelwolken, niemals für Vögel interessiert, *früher.* Sie seien ihm schlicht nie aufgefallen. Daß sie ringsum in den Bäumen und Gebüschen saßen und mit ihren Lauten sein Leben begleiteten, sei ihm niemals aufgefallen, bis Geron ihn eines Abends in den Hinterhof ihrer Behausung geführt hatte, vor einen Akazienbaum, der in diesem Hof gestanden habe, mit kräftigen Armen, die sich wie aus dem Zwielicht des engen Gevierts ans Licht hochzustemmen versuchten, und in dessen Geäst ein unbeschreibliches Gewimmel und Lärmen stattfand von Sperlingen, Meisen, Amseln, Finken, Goldammern und sogar Bluthänflingen ... Er habe darin, bekennt Garham, zunächst nichts anderes als Wildnis, Krach und Ungeordnetheit gesehen. Geron aber habe mit der größten denkbaren Geduld ihm alle Vögel erklärt und sich auch nicht von den gewiß wenig ermutigenden Zeichen der Ungeduld seines Nennbruders abschrecken lassen, und er habe in der folgenden Zeit begonnen, ihm, Garham, die Schönheit und Besonderheit eines jeden Vogels nahezubringen ... was gewiß nicht einfach war und an manchen Tagen wohl eine sehr undankbare Aufgabe ... Bis er mir eines Tages den fast gewichtslosen Leib eines gegen eine Fensterscheibe geprallten Mauerseglers in die Hände legte, wo ich, zu meinem nicht geringen Entsetzen, den Herzschlag des kleinen Wesens spürte und wie dieser Herzschlag langsam heraussickerte und einer furchtgbaren Leere Raum gab, wodurch der

Vogelleib eine kaum faßliche Bedeutung erlangte, als stehe er für etwas Größeres, das ganze Universum Einnehmendes ... Lange noch konnte ich den Vogel nicht fortlegen, bis Geron ihn mir abnahm und hinausbrachte ... *Es wäre unter diesen Umständen auch besser, ein Vogel zu sein und nicht ein Mensch*, schließt Garham.

Goudeau sucht nach den passenden Worten: Wir verfolgten Infektionsketten ... Ich mußte mich also von Berufs wegen für Vögel interessieren, denn es hieß, das alles sei ausgelöst worden von Vögeln. Sie hätten es in unsere Städte getragen ... Also setzten wir sie allen erdenklichen Chemikalien aus, sezierten sie, es wurde nicht in Frage gestellt, die Vogelwelt als solche auszulöschen, wenn dafür die Menschheit gerettet werden könne ... Ich hatte immer Zweifel an dem Glauben, das Virus sei von Vögeln auf den Menschen übergegangen ...
Ich erinnere mich an ein Paar von Dohlen, das ich für einen Versuch zu vergiften hatte, was ich doch nicht schaffte ... Tagelang erfand ich Gründe, warum den Tieren die Dosis unseres Mittels nicht beigebracht werden konnte, bis ich schließlich einfach das Fenster öffnete und sie hinausließ ... Mit etwas Glück lebten sie noch ein wenig weiter, vielleicht aber gelangten sie nicht bis in den achten und neunten Himmel, sondern wurden

wieder eingefangen, um dann von einem anderen zu Tode gebracht zu werden ... diese kalte menschliche Natur ... Sie können sich leicht denken, daß ich hierfür nicht geringen Ärger auszuhalten hatte, aber andererseits ... so ein Versuchstier war wenig wert und es war leicht, Ersatz zu beschaffen. Eine Strecke des Todes ...

Garham greift in die Taschen seines Mantels, aus denen er zwei Flaschen herausholt: Streng verboten, grinst er, so etwas bekommt man nur noch schwer, aber ich habe einen kleinen Vorrat, man weiß nie. Prost!
Prost!
Sie trinken, dann schweigen sie, dann muß Goudeau fragen: Sie wohnen in der Bahn, nicht wahr? Ich habe es gesehen, das Essen unter den Sitzen, die Decken ... im hinteren Bereich die Schlafecke ... und die Bücher auf den Sitzen. In dieser Bahn fuhr seit langem keiner mehr, nicht wahr?
So ist es, bestätigt Garham, und ich bin nicht traurig darüber. Ab und an sitzt Eugen im Wagen, ein Inspekteur, er müßte es mir eigentlich verbieten und alles, was ich im Wagen gelagert, eingebaut, mir zurechtgemacht habe, untersagen, aber er tut es nicht, es ist ihm gleich, und er sieht es so, wie ich es sehe: Sollte tatsächlich einmal ein Mensch in die Bahn einsteigen – einsteigen dürfen –, dann wird er sich wohl zwischen meinen Besitztümern

zurechtfinden, und ich versage es ihm nicht, wenn er sich eine Flasche Wasser nimmt oder eine Decke überlegt oder sich eines meiner Bücher nimmt, solange es nur nicht das von Geron ist, das ich als meinen einzigen wertvollen Besitz erachte ...
Garham trinkt rasch, durstig, sein Kehlkopf springt unter der trockenen Haut, die grau und trocken schon das nahende Alter anzeigt.
Wie schön sie sind, diese Vögel, sagt Garham. Schön, weil sie niemanden brauchen, der sie bewundert. Ihre Wahrheit besteht aus dem Himmel, dem Hunger, dem Sterben. Sie sind schön, ohne je einen Begriff von Schönheit zu haben.
Wir sind ihnen gleichgültig ... Das gefällt mir. Es ist nicht so lange her, daß diese Vögel vor uns geflohen wären, und es ist nicht lange her, daß wir uns ihren Lebensraum angeeignet und sie daraus vertrieben hätten ohne jeden Skrupel ...
Was Geron antrieb, mir die Vögel nahezubringen, weiß ich nicht, ich kann nur seine immense Liebe zu Tieren und zu allem Lebendigen dahinter ahnen. Vielleicht sah er auch in meinen nächtlichen Ausflügen etwas Gefährliches, das er mir durch seine Sicht der Dinge auszugleichen versuchte. Es läßt sich nicht mehr erklären. Er war, wie ich schon sagte, ganz und gar lebensuntüchtig. Er arbeitete wohl an vielen Stellen, aber nie hielt es ihn lange, oder, um präzise zu sein, niemals behielt man ihn lange. Er besaß einen vollkommen hinderlichen

Sinn für Gerechtigkeit, und es war ihm nicht möglich, den Mund zu halten, wenn er Zeuge wurde, wie ein Mensch oder ein Tier, ja sogar eine Sache falsch behandelt wurde. Also kam es bald so, wie es dann für den Rest unseres Zusammenlebens bleiben sollte: Er blieb in der Behausung und kochte – er kochte gut und phantasievoll – und schrieb und las und fütterte die Vögel im Hof und ertrug mit einer mir jetzt unverständlichen Geduld meine Anwürfe. Ich gestehe: Ich hatte wenig Liebe für ihn. Er war mir nicht eben lästig, aber ich hielt ihn für einen ganz unbrauchbaren Menschen, und daß er meinen harten Anwürfen niemals etwas entgegensetzte, sondern sie still über sich ergehen ließ, macht es mir nicht einfacher, darüber zu sprechen. Ich glaube, er wäre gut aufgehoben gewesen als Wächter eines entlegenen und weitläufigen Parks, als Wildhüter, oder auch als Bibliothekar in einer dieser Einrichtungen, die praktisch ganz ohne Publikumsbesuch existierten. Aber vielleicht ist auch das falsch ... denn er mochte Menschen, er mochte sie sogar sehr, so schlecht sie ihn auch behandelten und ... am Ende ... das Leben kosteten ... Das Zusammenleben mit ihm kam mir absurd vor, seine Ausführungen hörte ich nur mit mühevoll bezwungener Ungeduld an, oft hörte ich überhaupt nicht zu, sondern dachte an etwas mir Angenehmes, an ein Konzert, das ich besucht hatte, oder an ein Mädchen ...

Ich war vierundzwanzig und zum ersten Mal sehr verliebt, ihren Namen möchte ich nicht aussprechen, sogar jetzt würde es zu sehr schmerzen. Sie war das wilde Kind liberaler Eltern, die sich im Grunde nur rudimentär um diese Tochter gekümmert hatten, die sich ihren eigenen Weg ins Leben schuf. Sie war rotblond, furchtbar dünn, man müßte fast sagen: unterernährt ... aber sie knisterte vor Energie, sie spielte Klavier, sie fuhr einen roten Kleinwagen mit der Heftigkeit des Teufels und konnte ganze Tage und Nächte hindurch diskutieren, bis sie vor Erschöpfung zitterte ... Sie hatte, ganz anders als ich, eine Vision, wie die Welt besser werden sollte, oder, wie sie sagte, *wirklicher*, und ich, der ich nur durch die Tage und Nächte trieb und bestenfalls mir Gedanken machte um das Auskommen und meine eigenen Bedürfnisse, verliebte mich in dieses Mädchen, das meine Liebe, warum weiß ich nicht, erwiderte. Sie führte mich zu Demonstrationen, sie warf grüne Bomben ab ... Kugeln voller Pflanzensamen, die in kargen Gärten, aufgelassenen Grundstücken, Parkhausdächern und toten Grasnaben aufgingen und dort für Farbe sorgten, wo Grau und Leere sich breitgemacht hatten ... und ich folgte ihr wo auch immer hin und ließ mich anstecken von ihren Gedanken, und sie war es auch, die mir zeigte, daß Bücher nicht nur Staubfänger und alter Leute trauriger Zeitvertreib sind, als die ich sie damals noch sah.

Und so brachte ich sie zu uns nach Hause, ich stellte sie Geron vor ... Vielleicht ahnte ich sogar schon, daß sie im Grunde zu gut war für mich, daß sie einen Menschen wie Geron benötigte ... oder Geron einen Menschen wie sie ... Nein, bestimmt war ich nicht altruistisch, und ohne Zweifel wollte ich mit ihr vor Geron angeben und ihn verblüffen damit, daß ich einige Buchtitel hersagen konnte, die sie mir nahegebracht hatte, gelesen hatte ich damals ja noch nicht viel. Das Eigenartige aber war, daß sich diese beiden aus meiner Sicht so ähnlichen Menschen zwar gut verstanden, über ihrer gemeinsamen Liebe zu Büchern und zur Kultur aber nicht zu mehr fanden ... es wurde keine Romanze daraus, nur eine enge Freundschaft, aus der ich seltsamerweise schwerer und schmerzhafter ausgeklammert war, als wenn die beiden sich zu einem Liebespaar gemacht hätten ... So aber versanken sie, wenn ich nicht anwesend war oder sie mich mit anderem beschäftigt glaubten, in ihre Welt, und meine kindischen Gedanken, Geron oder auch sie beeindrucken zu können, blieben unerfüllt ... Sehen Sie nur dort hinüber, das sind Triele, leicht zu erkennen an ihren großen, ausdrucksvollen Augen und den wie Augenbrauen wirkenden hellen Federn über der Augenpartie ... Vor einigen Jahren noch wäre es ganz undenkbar gewesen, sie in unseren Breiten zu sehen, und noch dazu von so nah ... Jetzt aber sind sie hier, am Rand der Stadt, und uns so nah, daß wir sie fast berühren könnten ... Wenn es ganz hell ist, werden sie sich zurückziehen und reglos in Mulden oder im Schatten von Steinen oder Pflanzen abwarten, bis die Dämmerung eintritt, ihre liebste Zeit ... Als ich in die Stadt kam, war hier draußen nichts als Grasland, selbst von Bauern kaum genutzt, so daß sich hier die seit Jahrhunderten heimischen Vogelarten noch aufhielten, die man dann in wenigen Jahrzehnten an den Rand der Ausrottung brachte; freilich immer mit dem beruhigenden Verweis an Bedenkenträger, es gebe ja insgesamt und erdenweit gesehen immer noch genügend von ihnen ... Das und mehr erfuhr ich durch meine Freundin und durch Geron, und es fällt mir schwer, mich zu erinnern, wer ich war, bevor ich durch die vereinte Einwirkung beider verändert wurde. Ja, ich gestehe, mein Blick auf alles wurde verändert, und nicht immer freiwillig, muß ich sagen.

Garham, in kauernder Haltung vorrückend auf das Ziel seiner Beobachtung, hat nun selbst etwas von den unverwandt stehenden, die Umgebung fest im Blick behaltenden Vögeln, deren weit offenen Augen seinen Augen gleichen. Es kommt Goudeau so vor, als sei Garham nun zu seinesgleichen zurückgekehrt, doch warte noch auf Aufnahme in den einstmals vertrauten Zirkel. Zu oft, denkt Goudeau, schieben sich Erinnerung

Gedämpftes Licht. Vergilbte Schatten, scharf gemuskelt.

und Gegenwart übereinander wie Folien, und in den lärmenden, auf- und abfliegenden, einander in wilden Ballungen durchdringenden Vogelschwärmen sieht er nun die früher diese und jede Stadt beherrschenden Menschenschwärme, und wie einige der Trielvögel am Rand des Betonbeckens weit auseinander, reglos und stumm sitzen, erinnern sie Goudeau erst an rastende Reisende, dann an die Menschen zu Beginn der Epidemie, als Ordnungskräfte die amtlich vorgeschriebenen Abstände zwischen den Menschen überwachten, und endlich dringt aus all diesen Bildern das Bild jenes einen allein sitzenden, in der Manier eines Kindes auf den Fersen hockenden Mannes am Rand einer Demonstration, die Brust rot verschmiert … umringt von Menschen, die nicht recht wußten, wieviel Abstand sie nehmen sollten vor diesem Mann und wie nahe sie ihm in ihrer Neugier kommen durften.

Ich sehe den Menschen, der ich war, wie durch eine Milchglasscheibe, fährt Garham schließlich in seiner Beschreibung fort. Eine von ihren Gelüsten diktierte Figur, die sich im Licht glaubt, während sie doch in Finsternis existiert … Ich nehme an, daß ich darum getrieben wurde von der Sehnsucht nach etwas anderem, das ich in diesem Mädchen fand, eine Energie, die mir fehlte, eine Lust am Dasein und an der Entdeckung der Welt in all ihren Facetten, die ich nie entwickelt hatte. Vielleicht ist das ein an sich unsinniger Gedanke, aber mein Blick wurde immer angezogen von denen, die nicht so waren wie ich, die nicht teilnahmslos im Leben sich treiben ließen. So schlossen mir Geron und das Mädchen ohne Zwang, aber mit einer gewissen Freude an meinem stetig wachsenden Hunger eine Welt auf, die weit hinausging über alles mir bis dahin Vertraute ... Ich gestehe, daß ich nicht alles verstehen konnte, was sie mir gaben und daß ich mich gern überschätzte, daß ich mich aber gerne verlor in den Labyrinthen der Texte, die ich las, und daß ich, wenn ich auch nicht immer begreifen konnte, worum es ging, den mir ausgelegten Gedanken vom Anfang bis zum Ende zu folgen bereit war ... Die Wirkung des Mädchens auf Geron allerdings war noch erstaunlicher, denn mein so lebensuntüchtiger Nennbruder ging nun aus dem Haus, folgte uns in Kinos, in Museen, zu Demonstrationen, und ... es scheint mir fast hinterhältig, es so auszudrücken, aber anders kann ich es nicht formulieren ... er schien das Mädchen bei all dem beschützen zu wollen. Mein Bruder, der sich mitunter so ungeschickt anstellte wie ein Kind und selbst so etwas wie Schutz benötigte, wich kaum von der Seite des Mädchens, das er wie unsere lang verschollene und endlich wieder in unseren Kreis zurückgekehrte Schwester behandelte ... und die er, freilich vergebens, vom Besuch so gefährlicher Aktivitäten wie einer Demonstration abzuhalten versuchte. Aber er kannte sie wohl in dieser Hinsicht nicht gut, denn es war ganz aussichtslos, sie abzuhalten. Als die Epidemie einsetzte und man die Menschen das erste Mal einsperrte, war das Jammern groß, kaum jemand vermochte sich vorzustellen, daß dieser Anfang geradezu nichts war im Vergleich zu allem Kommenden. Daß man es den Leuten verbot einzukaufen und ihnen stattdessen die Nahrung an die Türen zu liefern begann ... daß die Kinos und die Museen schlossen, das konnten sie schwer ertragen ... doch es folgten die zweite Welle, die dritte Welle ... und endlich war es soweit, daß herauskam, was Ihnen, Goudeau, ja wohl bestens bekannt ist: daß man nicht alle behandeln konnte, oder, schlimmer noch, daß man schon längst selektiert hatte ... nur noch jeder Fünfte, der in ein Krankenhaus kam, wurde dort tatsächlich behandelt ... andere ließ man für immer einschlafen oder setzte ihrem Leiden ein Ende, wie es später formuliert wurde. Als das herauskam, brachen die Leute aus ihren Behausungen aus, und ich erinnere mich an den Morgen des 6. Mai, als ich glaubte, ein schwerer Sturm rüttle am Haus, ich erinnere das Rauschen, einen Druck gegen die Hauswände ... Nach dem Aufziehen der Rolläden aber sah ich, daß es Massen von Menschen waren, die ins Stadtzentrum brandeten, wo sich eine

harte Auseinandersetzung ankündigte.
Geron und das Mädchen waren schon fort, sie hatten es nicht für nötig oder richtig gehalten, mich zu wecken und mitzunehmen, und so zog ich mich rasch an, um ihnen zu folgen. Ich fand das Mädchen in der vordersten Welle der Demonstranten, wütend warf sie sich gegen die nur noch schwer den Druck der Protestierenden aushaltenden Polizisten, und Geron ... der stand in ihrer Nähe, fest eingesponnen ins engmaschige Gewebe aus Leibern, er hätte, selbst wenn er gewollt hätte, gar nicht mehr fliehen können ... Und ich sehe es vor mir, als wäre es nur Minuten her, wie eine Flasche fliegt, wie ein Metallrohr auf einen Kopf niedersaust, wie sich die zuvor so messerscharf voneinander getrennten Massen von Protestierenden und Polizisten vermengen, ein entsetzliches Tosen, in dem ich kaum noch imstande war, auf Höhe meines Bruders und meiner Freundin zu bleiben ... die sich mit einer nie gekannten Wut gegen die in schwarze Plastikuniformen eingesponnenen Beamten warf, die, von dieser Wut ganz überrascht, zunächst zurückwichen ... um dann, als immer mehr Flaschen, Rohre, aber auch andere Waffen zum Vorschein kamen, energisch den verlorenen Boden zurückholten, indem sie mit Knüppeln und Blendgeschossen vorgingen ... und dann, wer weiß schon, warum immer wieder so etwas passieren muß ... fiel der erste Schuß ...

dann ein zweiter ... und die Menge zersprang, wie ein aus großer Höhe fallendes Glas zerspringt, in alle Richtungen ... plötzlich war da Leere in der Mitte des Platzes und inmitten dieser Leere einige leblose Körper ... Und es fällt mir schwer, sagen zu müssen, was dann passierte ... wie ich, eben noch ein Beobachter, nun auf diesem leeren Platz stand und auf den leblosen Körper meines Bruders hinabsah: auf die warme und wachsende Blutlache unter seinem Leib ... und, weit weg, auf Polizisten, die das Mädchen zu viert festhielten und zu bändigen suchten ... Hätte mir noch einen Moment zuvor jemand gesagt, was ich nun tun würde, ich hätte ihn ausgelacht und ihm geantwortet, daß ich niemals dazu imstande wäre ... aber Geron so vor mir zu sehen ...

Ein Griff an seinen Hals bestätigte mir den furchtbaren Verdacht ... und das Mädchen in den Händen der Gegner, der Staatsmacht, die über das Leben und das Sterben bestimmte, auch jetzt. Und drüben: wieder ein Schuss, Warnschuss, hieß es später ... und die da setzten sich wieder in Bewegung, die Staatsleute, die nichts Menschliches mehr zu haben schienen, nicht für mich, der ich mich ebenfalls in Bewegung setzte ... es setzte mich in Bewegung, etwas in mir ... Da war kein Gedanke daran, daß es Menschen waren, die hier gegen Menschen ansprangen.

Es ging sehr schnell. Bevor sie auch mich niederschießen konnten, hatte ich eine Stahlstange genommen und auf den Kopf eines jungen Polizisten niedersausen lassen, der diesen Helm verloren hatte und eben wieder aufsetzen wollte ... Ich sehe noch dieses junge Gesicht, im Grunde noch ein bartloses Kindergesicht, aus dem sich die Augen in dem Moment, da er mich auf sich zustürmen sah, vor Schreck wie verrückt aus den Höhlen drehen ... Diese Augen vergesse ich nicht ... Augen, in denen sich das ganze entsetzliche Fehlen von Zeit, die er für die Flucht oder nur das Aufsetzen des rettenden Helmes gebraucht hätte, ablesen ließ ... Sekunden nur, weniger als das ... Und ich war imstande zu tun, was ich tat, indem ich nicht länger in diese Augen blickte ... dann hatten sie mich auf den Boden gerissen, während ich noch hörte, daß sie die Menge auseinandertrieben.

So also war das, so schnell ging es, so wurde ich zum Mörder ... Mörder eines Jungen, eines Sohnes, eines Bruders, des, wie ich später erfuhr, Vaters eines Kindes ... Mörder eines Verzweifelten, in diesem Moment war er das: ein Verzweifelter, der wußte, was ihm geschah.
Ich kann es nun aussprechen, denn das bin ich, das ist das nicht zu Sühnende. Das soll keiner mir verzeihen.

Den Kragen hoch, Freunde, und jetzt alle Gedanken herumdrehen und alles Ungewisse umarmen, dann mag das Leben noch eine Weile weitergehen!

Das Mädchen –?
Sah ich nie wieder. Geron wurde beerdigt, nein, sagen wir, er wurde in die Erde gebracht, und es war mir verboten, teilzunehmen. Bis heute weiß ich nicht, wo sie ihn beisetzten, denn es war nicht in der Stadt, in der das alles geschah, und es fiel niemandem ein, das anonyme Grab, in das sie ihn schaufelten, wenigstens mit seinem Namen oder einer Gedenktafel zu versehen. Bis heute sind diese Aufstände, wie man es nennt, ein verschwiegenes Kapitel ... und Geron und der junge Polizist sind Opfer, deren Namen niemand kennt und ausspricht.
Nach fünfzehn Jahren wurde ich freigelassen, ich hatte lebenslänglich versprochen bekommen, aber sie ließen mich dennoch hinaus ... lebenslänglich nur die Erinnerung, wenn überhaupt ... Also machte ich mich auf die Suche, fand aber weder eine Spur des Mädchens noch das Grab meines Bruders.
Mit einiger Mühe konnte ich einige seiner Bücher wiederbekommen, die der achtsame Nachmieter unserer Behausung in einem Karton auf dem Dachboden eingelagert hatte ... Unter diesen Schätzen befand sich auch das Buch, in dem ich seither lese, ohne etwas zu verstehen. Denn wenn ich sage, daß Geron und das Mädchen meinen Blick auf die Dinge änderten, daß ich begann, einen Hunger und eine Neugier zu entwickeln auf

diese Welt und alles, was sie anzubieten hat, dann muß ich auch sagen, daß ich vieles von dem, was sie in mir auslösten, nicht durchdringen kann. Dazu gehört auch Gerons Buch.

Garham nahm es aus seiner Jackentasche und legte es in Goudeaus Hände, der sich, von dieser unerwarteten Geste überrascht, zunächst nicht entschließen konnte, es aufzuschlagen, sondern das wie mit einem lebendigen Gewicht in den offenen Handflächen ruhende Gebilde anstarrte. Öffnen Sie es doch!, forderte Garham ihn mehrmals auf, sehen Sie hinein! ... Wie seltsam das ist, nicht wahr, wie schön und wie ... unlesbar. Ist es nicht absurd, ein Buch vollzuschreiben, das niemand lesen kann? Kurz vor dem Vorfall im Mai ... vor seinem Tod ... legte mir Geron sein Buch vor und forderte mich auf, darin zu lesen, aber so wie Sie, Goudeau, war auch ich gehemmt und lehnte ab. Ich sagte, ich wisse zu schätzen, daß er es mir anvertraue (wie konnte ich!), daß ich es aber nicht lesen wolle, ich sei nicht bereit ... Ich wußte ja, daß er daran arbeitete seit Kindertagen, aber ich sehe auch jetzt, nachdem ich über zehn Jahre darin blättere und es mit allen mir zur Verfügung stehenden Methoden durchforsche und ausspähe, nur eine große und komplexe Wirrnis ... Sehen Sie, wie eng hier alles beschrieben ist, eine Seite in Gerons Buch würde in der Handschrift eines

»Versteht es niemand?«

James Joyce
Letzte Worte
13. Januar 1941

anderen zehn Seiten füllen ... und das Wirrsal der einander durchdringenden, ja förmlich ausstreichenden Federstriche, diese Kilometer von Auslassungszeichen und Klammern, von Durchstreichungen ... ein gedankliches Labyrinth in einer Mikroschrift, die außer Geron niemand jemals lesen konnte und lesen wird ... und gegen Ende des Bandes verschwindet die Sprache ganz und weicht Mustern und Motiven, vorwiegend Vögel, die er als winzige Piktogramme aneinandersetzte, zart und anmutig fordern sie Aufmerksamkeit, aber es zeigen sich auch Stockungen, als habe Geron in dieser letzten Phase Verknotungen seiner zerstreuten und weltfernen Seele nicht mehr auflösen können oder wollen, und man sieht auch, daß die sorgsame Art, mit der er statt Worten Zeichnungen einsetzt und endlich weit jenseits aller Sprache sich aufhält, wie er sich der eintretenden Verstummung zu widersetzen versucht ... Tage und Wochen hindurch saß er ausschließlich zwischen seinen Büchern, kritzelte an diesen Hieroglyphen, und seine einzige Abwechslung, soweit ich es beurteilen kann, bestand darin, hinauszugehen in den Hof und den Vögeln zuzusehen, sie anzuhören, ihnen etwas zu fressen anzubieten ... und etwas zu kochen für mich, seinen Bruder, der so fern wie Wolken an ihm vorübertrieb und mit den Gedanken in der Ferne schweifte.

Nichts erhebt uns über die Tierwelt, nur unsere Sprache vermag uns zu erheben; wohl gesetzte Worte nur machen uns zu besseren Wesen.

Seitdem ich das Buch wiedererhalten habe durch

einen mit Begriffen wie Glück oder Zufall gar nicht zu umreißenden Umstand, versuche ich Gerons Buch zu durchdringen. Das scheint mir die einzige noch wertvolle Aufgabe meines Lebens zu sein, und vielleicht, wer weiß das schon, finde ich auf diese Weise sogar einen Hinweis, wo ich meine Suche nach dem Mädchen fortsetzen kann ... Indem ich nun jede Vogelart der Erde kenne, ihre Eigenheiten und Farben, ihre Laute und ihre Körperformen, glaube ich ein Alphabet in Gerons Vogelzeichnungen entziffern zu können. Und wenn es mir gelingen sollte, dieses Alphabet in die mir zur Verfügung stehende Sprache zu übersetzen ... dann, wer weiß ... finde ich vielleicht das Mädchen wieder ... das, das weiß ich natürlich auch, heute wie ich ein alter Mensch ist und vielleicht gar nicht mehr erinnert werden möchte an das Geschehene. Vielleicht ist das alles aber auch verrückt und unsinnig und das Buch ist für einen wie mich blind oder ich bin blind für das, was darin vielleicht für andere sichtbar ist ... Die Sprache ist ein Haus mit vielen Stockwerken und ich habe mich womöglich schon im ersten Geschoß verirrt ... Und so habe ich, nachdem ich Ihnen alles erzählt und Sie dadurch zu einem für mich gefährlichen Mitwisser gemacht habe, eine Bitte an Sie, Goudeau: Nehmen Sie das Buch und erklären Sie es mir, sagen Sie mir, ob darin etwas Verstehbares steht oder ob es nicht zu ergründen ist, sagen

Den höchsten Gedanken fand er nach einem tiefen Sturz, doch dort, wo er ihn fand, war er allein.

Sie mir, ob ich darin eine letzte Botschaft meines Bruders erkennen muß oder ob ich es nur mit den weichen Gefühlen eines Menschen bei mir tragen kann, der sich dadurch wie durch einen Fetisch an einen Verlorengegangenen erinnert.

»It soared, a bird, it held its flight, a swift pure cry, soar silver orb it leaped serene, speeding, sustained, to come, don't spin it out too long long breath he breath long life (...)«

James Joyce
Ulysses (1922)

Rauch fleckt den morgendlichen Himmel. Garham steht auf, kreuzt die Arme über der Brust, schiebt die vereisten Hände unter den Mantel, um sich zu wärmen, auch Goudeau steht auf, streckt sich, schaut müde und hungrig vor sich hin. Das Buch Gerons liegt schwer in seiner Manteltasche. Er streckt sich und berührt dabei den Umschlag: taube Haut, die seine Finger wärmt.
Gestern sah ich ein Kind ... Ich habe es nicht nur gesehen, gesteht Goudeau, ich habe es berührt ... Es war verletzt und ich habe seine Wunde verarztet. Garham läßt einen unbestimmten Laut hören, er zieht die Schultern hoch, etwas wie ein Lächeln schwebt in seinem Gesicht: Wie seltsam, nicht wahr, daß in Gerons Buch zu lesen ist: Wir begegnen nicht den Menschen, denen wir begegnen möchten, sondern denen, denen wir begegnen müssen, weil sie der kräftige Faden sind, der unsere Existenz zusammenhält ... Du bist kein Feigling, Max Goudeau, das ist sicher, und wenn die Erde ein Kerker ist für Geschöpfe, die den Göttern nicht gehorchen wollten, dann kann sie nur erträglich werden, wenn einer den Tod nicht fürchtet.

III

Bis weit in den Morgen hinein sitzen die Männer
an den Becken, sie beobachten die Vögel,
freie Wesen, die freien Wesen zusehen, und
Goudeau läßt sich alles erläutern zu allen Arten,
die sie entdecken, und als er fragt, ob Garham die
Bahn nicht wieder weisungsgemäß durch die Stadt
lenken müsse, da läßt dieser ihn wissen, daß er
es darauf ankommen lassen werde, was geschehe,
wenn er fortbleibe.
Jetzt,
wo keine Ländergrenzen mehr existieren, wo die
Länder sich auflösen, werden bald die wahren
Bewohner des Paradieses die Kontinente neu ver-
teilen und
es wird weiße Flecken geben auf den Landkarten,
die immer größer werden,
und wir werden reisen ohne Angst, zitiert Gar-
ham aus Gerons Buch. Ich liebte dieses Bild der

sich ausbreitenden leeren Flecken auf den Landkarten, die ich nie als Leere sah oder als Verschwinden, sondern als Licht ...

Wunderlich wirr und unruhig stehen die Sterne um die Sonne, die fahl sich ausmacht als fremder Stern. An diesem Tag sieht Garham, wieder einmal, seinen Bruder inmitten der Vögel, still, unbewegt inmitten des Rauschens der Federn, unbeschwert, mit leichten Füßen steht da ein Mensch, aufgehoben die Schwere seines menschlichen Körpers. Und als Garham ihn an diesem Morgen ruft,
bleibt er.

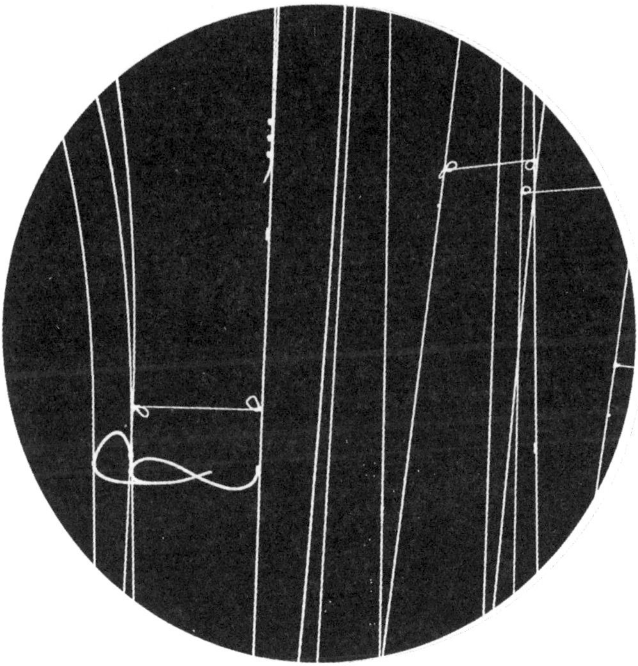

»Wir schweben immer über der Wirklichkeit.
Befürchtungen, Hoffnung, Wünsche tragen uns
in die Zukunft«

Montaigne

Verwendete Zitate

Seite 4
»Ein Koch'scher Bazillus setzte sich auf Adams Lippe – und Gott sah, daß es gut war.«
Gesualdo Bufalino, Das Pesthaus, Surkamp Verlag.

Seite 35
»... der noble und trostlose Garten, in dem sich hartnäckig der Irrtum hält, der Tod stille allen Lebensschmerz.«
Pier Paolo Pasolini, Gramsci's Asche, Piper Verlag.

Seite 50
»Wer nicht mit den hungrigen Wölfen frisst, der steht bei den gerissenen Schafen.«
Jenni Mitkovic
https://zitatezumnachdenken.com/jenni-mitkovic?page=5.

Seite 81
»Also Ihr meint nicht, daß unser eins davon käme? O, das ist ja eine Narrenhoffnung.«
Ludwig Tieck, Die sieben Weiber des Blaubart. Eine wahre Familiengeschichte, 1797.

Seite 81
»The times are ended; shadows pass, the morning 'gins to break ...«
William Blake, Marriage of Heaven And Hell, A Song of Liberty, Florence Press, London, 1911.

Seite 83
»Es wäre unter diesen Umständen auch besser, ein Vogel zu sein und nicht ein Mensch.«
Frei nach Carl Spindler, Der Vogelhändler von Imst, Nabu Press, 2010.

Seite 97
»Versteht es niemand?«
James Joyce, Letzte Worte, 13. Januar 1941.

Seite 100
»It soared, a bird, it held its flight, a swift pure cry, soar silver orb it leaped serene, speeding, sustained, to come, don't spin it out too long long breath he breath long life (...)«
James Joyce, Ulysses, Egoist Press, London 1922, S. 275 f.

Seite 104
»Wir schweben immer über der Wirklichkeit. Befürchtungen, Hoffnung, Wünsche tragen uns in die Zukunft«
Montaigne.

Florian L. Arnold im Mirabilis Verlag:

Ein ungeheuerlicher Satz
Novelle
Mirabilis Verlag 2015
Klappenbroschur
144 Seiten, 7 Grafiken
ISBN 978-3-9816674-1-7
14,90 €

Die Ferne
Roman
Mirabilis Verlag 2016
Klappenbroschur
264 Seiten, 27 Grafiken
ISBN 978-3-9816674-4-8
16,90 €

Pirina
Roman
Mirabilis Verlag 2019
Klappenbroschur
192 Seiten, 12 Grafiken
ISBN 978-3-947857-00-5
18 €

www.mirabilis-verlag.de

Text, Grafik und Covergestaltung: © Florian L. Arnold

Druck und Bindung:
Standartų spaustuvė, www.standart.lt, Vilnius, Litauen

ISBN 978-3-947857-10-4